U0452630

海棠寂静

许冬林 —— 著

万卷出版有限责任公司
VOLUMES PUBLISHING COMPANY

图书在版编目（CIP）数据

海棠寂静/许冬林著. -- 沈阳：万卷出版有限责任公司, 2025.3. -- ISBN 978-7-5470-6679-9

Ⅰ.I267

中国国家版本馆CIP数据核字第2024WU5695号

出 品 人：王维良
出版发行：万卷出版有限责任公司
　　　　　（地址：沈阳市和平区十一纬路29号　邮编：110003）
印 刷 者：辽宁新华印务有限公司
经 销 者：全国新华书店
幅面尺寸：145 mm×210 mm
字　　数：170千字
印　　张：8
出版时间：2025年3月第1版
印刷时间：2025年3月第1次印刷
责任编辑：张鸿艳
责任校对：刘　璠
封面设计：仙　境
版式设计：徐春迎
ISBN 978-7-5470-6679-9
定　　价：39.80元
联系电话：024-23284090
传　　真：024-23284448

常年法律顾问：王　伟　版权所有　侵权必究　举报电话：024-23284090
如有印装质量问题，请与印刷厂联系。联系电话：024-31255233

目录

第一辑 海棠寂静

朝　颜 / 2

花　荡 / 6

枯　木 / 10

春如线 / 14

海棠寂静 / 17

花开如笑 / 21

与竹为邻 / 25

桃花不静 / 29

小城姜花 / 33

旧时菖蒲 / 37

村有杏花 / 41

与胡杨相遇 / 45

沙家浜的芦苇 / 48

第二辑　洋红月白

半　旧 / 54

微　淡 / 57

月　白 / 61

秋香色 / 64

洋　红 / 67

青 / 71

黑 / 75

染 / 79

霜　气 / 82

水墨春雨天 / 86

人在黄梅天 / 90

仓皇风雪天 / 93

我这江北的雪 / 96

第三辑　江水微茫

顾　盼 / 102

不　舍 / 106

晓　色 / 109

二月懒 / 112

春可惜 / 115

月明之夜 / 118

江水微茫 / 122

远行宜春 / 126

不提繁弦 / 129

择一座小镇慢慢地老 / 133

剩下的时光是自己的 / 136

第四辑　月亮堂堂

夏　晚 / 142

虫声清凉 / 146

年　羞 / 150

写春联 / 154

豆腐浴 / 158

岁岁平安 / 162

月亮堂堂 / 168

书下乘凉 / 171

童年小镇 / 174

中秋晓月 / 177

养一畦露水 / 180

墙外的春天 / 184

风在乡下喊 / 190

舍南舍北皆春水 / 193

第五辑 日暮苍山

清　川 / 198

海棠依旧 / 201

日夕凉风至 / 205

素手把芙蓉 / 209

浮云游子意 / 213

或恐是同乡 / 217

我心素已闲 / 221

日暮苍山远 / 224

天地一沙鸥 / 228

那少年的葛呀 / 232

生命在上下之间 / 237

吾来看汝，汝自开落 / 241

第一辑 海棠寂静

它们静静地敛住若有若无的香,敛住或浓或淡的色,敛住风和月光。它们静得呀,仿佛此时的盛开,已然是微凉的回忆。

朝　颜

清晨起来，看露水瀼瀼的庭外草木赫然开出朵朵朝颜，就觉得整个大地，都在一朵浅紫的喇叭形花瓣边沿醒来。

院墙边，篱笆上，柔柔细细的茎蔓上，翠叶叠叠，嫩花朵朵向上攀登，或顺着茎蔓在墙头上透迤。

花开得好早！像十三四岁的乡下小姑娘，举着花布伞，三五成群地去上学。田野里、山道旁、路边的芒草上满是露水。晓月的淡光，粉似的，敷在薄蓝的远天上，仿佛一碰，就会被风吹落吹远。

朝颜花像我们朴素的少年时代。

多年后，读书上学，实现梦想，离开乡野，融进红裙与白领，混淆于红尘。外人不知，我们曾有过那样干净而安恬的少年时光，在乡下的少年时光。

就像不知道朝颜，还有个极朴素极朴素的名字：牵牛花。

是啊，我曾经也是那样清美的一朵牵牛花，经过乡村的羊肠小路，经过柳荫下，经过桑榆荫下，经过开满单瓣木槿的花荫下。我是一朵桃红小花，手中牵的细长牛绳的那一头，是生产队集体养的一头憨厚褐色水牛。三十四年前，十来岁的农家女孩，在星期天，在暑假，会在一根牛绳上悠悠荡荡度过一段放牛的日子。

生产队的牛，各家轮流放。有时到了星期天，还没轮到我家，母亲会借过来让我先放，怕空掉了我的假日。她真会过日子。我也不恼。吃过早饭，去竹林边的小屋里牵出水牛老人家，慢慢走，去江堤上吃草。

彼时，我喜欢牵着牛绕路去江堤，只因为那多绕的一截路边有一户人家，那家花多女儿多，花美女儿也美。那家的小花园在路边，可以一览无余地将花们尽收眼底。

夏天，花开得最热闹：凤仙花累累簇簇；在放牛回家的黄昏，夜来香开始发散香气；重瓣的栀子花端庄丰硕……而最难忘的，是他们家的牵牛花。

他们家的女儿给牵牛花搭了花架子，一根根细细的竹子齐齐靠在青砖的墙边，竹子之间还织网一样缠了细绳，牵牛花的细长茎蔓便从容地在绳子间和竹子上游走、攀登，一程又一程，一路花开灿烂。

黄昏，那几个女儿穿着白裙子，给花们浇水，用水壶慢慢地喷洒。这之前，我见过牵牛花，但都是野性十足地在墙上树上乱爬，没人搭架子。我也见过人家浇水，但多半是一瓢泼过去，动作粗蛮。我心里好羡慕他们家的女儿，也羡慕他们家的花。

一个十来岁的女孩子，在人家的花前忽然懂得：日子不应该潦草粗糙地过，日子应该精致地过。每一件事，都可以用耐心和细心来做到完美，做到灿烂。

于是，我悄悄收集牵牛花的种子。开春，雨长长地下过，在门前的梧桐荫下圈出一方地，种牵牛花。浇水，看花们发芽，在泥土里一日日挺起腰身，然后移苗。怕猪来拱，给花们围篱笆。然后，学着花多女儿美的人家，给牵牛花搭架子。

夏天，牵牛花盛开，一朵朵小喇叭，像要喊出我心里的欢喜。妈妈没太在意，她的女儿终于守得花开的喜悦，她忙时干活，闲时抹骨牌。而我，在漫长酷热的暑假，于清晨出门去放牛时，看见那一轮轮桃红的小太阳在一波波绿叶里升起，就觉得日子有了不同寻常的意味。觉得自己和那户人家的女儿一样，一样美丽，一样娴雅，甚至还有了些说不出的美好。

时光荏苒，当年种牵牛花的女孩，如今已过朝颜一般清美的年龄。某日晚凉时分，就着阳台外的薄暮天光读《枕草子》，书香氤氲里再次遇见朝颜，恍惚间，旧事旧人——像遇潮的种子，在心底吐根。

遇见朝颜，就像在一池碧水里，遇见自己，一朵牵牛花一样少时的自己。

喜欢"朝颜"这名字，安静，莹润，暗香袅袅的样子。

喜欢朝颜，喜欢它的矜持端雅，喜欢它不断不断向美好进发，不禁觉得它像我们，像今天的我们，用墨香书香重新洗礼后的我们。但是，在成长背后，我们就是晨风里摇曳的那朵牵牛花啊！

花　荡

　　每日上下班时会路过一个园子，园子里有一雕像，是个骑着战马挥舞着兵器正在冲锋陷阵的古代将军。春天时，会经常进园子看花，顺带着看一身戎装的将军雕像，看着看着，慢慢看得心惊。

　　似乎花开里，也有金戈铁马的动荡之气。

　　素白的梨花，娇媚的海棠，端庄的玉兰，以及小家碧玉似的粉色李花……那些累累簇簇的花儿，千军万马呼啸盛开。在我仰视的目光里，那么多的花蕾都张开了花冠，仿佛重门次第打开，迎接阳光的加冕和蜂蝶的朝贺。在春日，走在花荫下，便是走进了花的浩荡大军里，走进了花的奢华国度里。它们把所有的家底都兜出来，呈现盛开。开得真是盛，盛得让人担心——那么蓬勃盛大的开放，总有撑不住的时候。

不论桃还是李，不论海棠还是玉兰，这些树，在春天，开放得天真烂漫，也开放得烽烟四起。那些花瓣，饱含汁液，散发芳香，像是盛世霓裳，也像是前仆后继举起的战旗，向着更高更远处的树枝发起冲锋。

花朵内部似乎也有战争，它们彼此推搡排挤，都在追赶阳光，都在抢夺最好的向阳位置。它们相互追赶着盛开，一些开不动了，蔫下来，被新的花朵踩踏掩盖。在繁丽的花海之下，此消彼长，此生彼灭，倾轧和斗争一刻未停。坐在花荫下，听见蜂蝶飞舞的热闹之声。这些蜂蝶之声掩盖了花朵的喘息、呐喊、呻吟、叹息抑或唱诵。

在落雨后的早晨，横穿一整个公园去上班，我像是明末西湖边的那几个文人，横穿了一段改朝换代的历史。"夜来风雨声，花落知多少。"一夜风和雨，带着草莽英雄扫荡而来似的力量，加快花事涤荡。不论它们昨天是相互挤对着绽放，还是齐心协力地盛开，现在，它们都败给了风雨。一夜风雨清洗高处和低处的树枝，重新安排花朵及其他一些事物的命运。低处的灌木丛上，假山上，湿漉漉的林荫道上，草地上，小河上，到处都是流落无主的花瓣。红的、紫的、粉的、白的，数不清的碎花零落在地，在尘泥，在流水。昨日那奢华盛开的花花世界，已经四分五裂，已经七零八落。抬头看树顶，树顶已然空荡冷清，寥寥的几朵还没零落的花儿，像个落寞哀伤的送行者。

生命的轨迹是一条抛物线。在抛物线的顶点处，空气只需微微动点手脚，制造一点小小的空气的浪，那些堆积高耸的花朵便开始坍塌，瓦解，随风飘荡。是的，即使没有雨，花朵一样会坠落。它们会被自身的重量所诅咒，坠毁到低处。没有雨，它们可能会被微风吹送着，把流徙的旅程走得更远一些。微风会把这些被命运诅咒过的破碎花瓣送到游园人的头顶上，送到熙熙攘攘的街巷里，送到停在地铁口的共享单车的车筐里……它们最后被环卫工人收纳进垃圾桶里，运到城外去。它们再美，再盛，终归寂寂无名。

坐在公园的长椅上，坐在夏初的宁静里，我抬眼看那些绿得近乎黛色的树枝，暗自感喟。回首它们的花开时节，多像养肥了的欲望。它们用颜色作姓氏，红最煊赫，黄是尊贵，紫和蓝暗藏凛然兵气，白作书香世家姿态……这些颜色，各寻高枝驻扎，俯视低处幼草、苔藓、菌类和奔忙的昆虫。这些花儿，在三春的阳光里，曾经开得张灯结彩锣鼓喧天，曾经开成高门望族赚尽世人的仰视。三春之后，风雨过后，花朵被拆解，回到泥土，比草更低，比苔藓、菌类和昆虫更低，比平民还平民。它们终于安静，生出无限善意。它们与泥土交融，供养比它们高的植物和动物。当绿叶在枝头膨胀，青涩的果子怯怯又欣欣然在枝叶缝隙间隐现，一棵树至此完成一个季节的更替，开始新一程的追赶和新旧交换。

每一回上下班，路过花事阑珊的公园，像路过硝烟已歇的战场。那些曾经汁液奔涌的花儿，现在弃甲倒下，战袍遍地。隐约的花香像是还没干透的血液，像是还没被风吹散的呐喊，像是它们挂在胸前的姓名牌。它们被暂时辨认，也很快被尘泥掩盖。

枯　木

苏东坡擅画枯木。

他有一幅《枯木怪石图》。画里，一根枯木，盘曲倾斜，艰难向上。那远远逸出生长的姿势，又倔强又危险，仿佛随时会坠落悬崖，粉身碎骨，看了令人生忧生寒。好在，画面左下角，有一怪石压一压，便得稳妥。

可是，那到底是一株枯木啊。

一个人，要经历多少磨难，多少曲折，多少风刀霜剑的打压，才愿意和懂得：落尽花朵和绿叶，只做一株枯木。

瘦尽荣华，看轻名利，寄身僻远江湖，做一株沉默不语的枯木。

"乌台诗案"后，新党欲治苏东坡死罪，是昔日政敌王安石的一句"安有圣世而杀才士乎"救了他，他才得以被从轻发落，贬为黄州团练副使。经此一难，苏东坡恰似一株枯木，心灰意冷。好在，有一片茫茫山河，来安顿一株枯木，来承载他无言的落寞。他到黄州，写下浩荡如江水的雄文《赤壁赋》《后赤壁赋》《念奴娇·赤壁怀古》，也写下摇曳动人如小窗月色的《记承天寺夜游》。

一株枯木，借文学，使自己在坎坷世间站稳了脚跟，也在大江大河大山大野之间，拥有了一种空阔和高度。

从前看画，喜看红花翠叶，喜看瓜果藤萝，就觉得人间有如此密集的热闹，生命有如许蓬勃的生气，实实令人爱恋和振奋。不懂得枯木也能入画，枯木自是风景。更不懂得，人生难免要经历一段枯木之境。

朋友读《苏东坡传》，读得涕泪横流。是不忍见啊！不忍见千古奇才屡遭摧残，不忍见可爱东坡的脚步一低再低，从长江之滨，到西湖之滨，到南海之滨……他就这样，怀满腹才华，托身于江湖，越走越远。

赏苏东坡的《枯木怪石图》，分明见，那是繁华褪尽的冷落萧条，也是一身硬骨冷对攘攘朝贵的傲岸。纵然对门对面是歌舞喧哗，我这里，纸窗青灯，静悄悄别有山河。

还记得童年时，最喜在大寒天去林野看树，乡下的那些野生的树们，彼时仿佛都成了枯木。它们片叶不着，独立大地，独对苍穹，不返青，不长高。它们被风雪摧残，被排挤在碧绿的冬小麦和油菜之外，一身清冷遥望春天。它们茕茕孑立，孤单苍老，风吹不语，像落难的英雄。我看着这些枯木，心里好一阵疼惜，又觉得它们威武高大实在是铮铮有骨气。

石涛也有一幅枯木图，画里两株枯木相依，彼此皆清寒相惜的姿态。它们仿佛是阅尽风景弃却繁华的智者，主动选择退出，选择疏远，选择与萧萧秋风、与空旷大地、与日月江河为邻为友。

石涛的枯木图，让我想起我少年时照相，曾倚过这样的枯木。那时上学，春天会路过一片开花的紫云英田，花田里浮动着一层蒙蒙的浅紫，雾气一般在阳光下蒸腾。有同学相约拍照，他们趴进紫云英田里，仿佛跟花儿、跟春天撒娇，拍出来的照片娇媚可人。我那时倔，偏不要花田做背景，而是选了花田尽头的一株瘦弱枯木来倚了拍照。年少敏感脆弱的我，总以为自己也像一株枯木，别人那里春光灿烂，我这里是永远的清秋。到初夏，经过树下，忽然发现枯木上生了许多叶芽。原来不是枯死之木，而是一棵叶儿发得迟些的乌桕。

枯，不是衰亡，不是生命终止、永堕黑暗。枯是减法，是生命智慧。那些冷落天涯的枯木，它们有自己的姿态，有自己的立场，它们只是暂时将绿色收藏，选择缄口不言。

我想，苏东坡枯木图中的枯木一定也是一株身处极寒极偏之地的树，纹理内还有滚热的汁液在流淌。那空空如也的枝干，不过是一处深情的留白。多难也多智慧的老东坡，以白，以枯，说广大，说无穷。

春心不死，枯木逢春才有意义。

春如线

柳在唐人的诗句里多半是"如烟"的,烟都是浩茫的一片吧,视觉上应该是远观才有这样的效果。可见唐人赏柳大多是喜欢登了楼,登了城墙,或者隔了浩荡的江水。哪怕淡一点,淡如烟,要的是一种量上的层累所带来的壮阔之气象,有点像一位著名导演的电影。

我想,柳在文人的视觉里近了,真切见形了,大约在明后吧。在明人的笔下,它是"线"了,那是一种小庭小院的小格局的美,值得玩味。虽然唐人也有写"柳线"的句子,但实在寥寥,不及明人那样堂皇地端上来。《牡丹亭》里,一处的句子是"袅晴丝吹来闲庭院,摇漾春如线。停半晌,整花钿"。另一处更直白了:"一丝丝垂杨线,一丢丢榆荚钱。"我就想,那一句"摇漾春如线"里,如线的更多是指柳吧。明人笔下的柳,小情小调,却另有一番风姿。

我喜欢这"春如线"三个字,春色形象可感,是物质的,不抽象。一切细袅袅的,有新生之趣。

线是悠长的,舒缓,绵软,兜兜转转,随心随意。人在如线的春光里迈步子,那步子是慢的,心是软的,周身是浸出了几分仙气的,于是那日子过得再也不慌张和潦草。南门的护城河边也有六七棵老柳,雨水惊蛰之间,但见那柳条被敷上了一层薄薄的绿意,在微风里,对着盈盈的湖水,闲闲地摇着摆着,仿佛试穿新衣,要绾的要结的细带子可真多。那模样,竟也有了几分《牡丹亭》杜丽娘的"云髻罢梳还对镜,罗衣欲换更添香"。挽一把柳条在掌心,便又要惊叹起来,那分明真的是线啊,极细极软。柳枝互相牵着捏着,枝梢子在抽新芽。才发的柳叶像一朵细瓣的素色的花,被穿在一根根赭绿色的软而凉的线上。谁在半空里穿针引线啊,沾了春阳,沾了飞雨,这样闲淡地绣着罗绮春色?于是想起从前的关于柳的比喻,词语一头钻进"裙子""袖子"里,以为那才担得起柳的美,其实多么矫情而茫远,"线"才是最切近的。

在春天,如线的还有细雨,在老房子顶上,无声的,是斜的细线。或者在屋檐下滴的水,也是线,连上屋顶上的线,便是扯天扯地了。可是闭了眼,在心上伸手捞起的一把,还是那绣花丝线一样的柳条，雨侧身退到柳的后面去，它到底还是背景，是底子，柳线才是主角。春天如果有自己的姓氏，它首先应该是姓"柳"的。

《九九歌》里早就有："五九六九，沿河看柳；七九河开，八九雁来；九九加一九，耕牛遍地走。"如果说，这几句正勾染出一幅春色渐浓的图画，那我相信，那一位宇宙的丹青手提了笔，蘸了墨，画的第一笔定然是线条。可不是？柳在软风里勾了千万条的线，然后是冰融河开，褐色的鸭子在水上扑腾，呼应着天空中的雁来，在水墨画里，这都是"点"了。至于遍地耕牛，在斜风细雨里，怕是要调墨来着染的吧。人勤春早，正是从柳始。

柳在中国人的水墨画里，大多是以线条的形象立在宣纸上的。这线到了画家笔下，又深远蕴藉起来。画家吴冠中有幅作品叫《春如线》，这幅画里，看不见春天里某一个具体的物象，没有欲燃的一坡桃花，没有斜着翅膀半撑的黑布伞一样的燕子……有的只是点、线、面的交织、构成、组合，很是耐人寻味。那些纷繁曲折的线条里，又以绿色线条居多，叫人想起的还是那河畔浪漫撩人的垂柳！长长短短，随风飘扬，偶尔纠缠，随即散开，除了垂柳，谁还敢大着胆子来将它指认作是自己？画家眼里的春天，也是如线的。

海棠寂静

　　海棠，要衬上月色来看，便更得了一种永恒之美。

　　有一年春天，跟两位友人在老家无为的城南公园里散步。彼时是月夜，月色疏淡朦胧，仿佛蓬蓬敷着了一圈羽绒。我们在月下并肩走着，一路细细碎碎地聊，聊婚姻情感，聊读书写作，聊沉甸甸的生活。我们走到一片草坡上歇脚，一抬头，满树的白花，悬浮在月色与我们头顶之间，贞静无语。

　　我们不由感叹这月夜的海棠之美。这样的美，我们似乎从来不曾领略过。

　　开在月色里的海棠，被月光滤去了它的本色，只剩了彻底的白，白得有种永恒的意味。

　　看着这样的海棠，真让人恍惚。恍惚以为它们从远古开到今夜，其间一刻不曾凋零；恍惚以为它们开得无始无终，无生无死。它们开成不会褪色的照片，不会变老的少女；它们开成最纯洁的诺言，最沉默的践诺。

是啊，这月夜的海棠，美得让人以为时间会绕道不经过这些花枝。

我们三个女人，坐在月色下，坐在海棠花的花影里，一时不知要说什么话。

我们被美给惊讶得僵着了。

我们静默相对，陪着海棠花，陪着海棠花沐浴着毛茸茸的月光。我们的发上、肩上、面颊上也像起了毛，是月色，是海棠花吐纳过气息的夜气，在我们身上起了毛。

那一刻，我们，也像拥有了永恒之美。

我们暂栖在花月搭建的岛上，时间绕道，我们停止衰老。

白日里操持的各样琐屑庸常，生活中经历的诸番辛苦奔波，那一刻都从我们身体里轰然漏掉了。我们恍然觉得自己，和月光，和海棠，是一样轻重了。

好一会儿，我们仿佛从沉梦中醒过来，纷纷拿出手机拍摄这月夜里的海棠。

聚焦三两朵，聚焦累累的一二簇，闪光灯亮起的那刻，我忽然心生愧疚，觉得这手机强光像一把利剑，打扰了它们，冒犯了它们，割伤了它们。它们开在古代，开在未来，开在触摸不到的宇宙，是我用一束光，将它们拉到现在，拉到面前。

月色空蒙，海棠空蒙，花月交融成梦幻之境，而我，是这样莽撞的闯入者啊。

多年前，读苏轼的句子"只恐夜深花睡去，故烧高烛照红妆"，一时惊艳。海棠花睡，又是红妆，这是怎样的绮罗香艳！

可是，如今看过这月色里的海棠，再品味苏轼的"花睡"，竟不觉那是香艳了。

分明是，夜里的海棠有寂静之气。

它们静静地敛住若有若无的香，敛住或浓或淡的色，敛住风和月光。它们静静地开，时钟停止走动。它们寂静，静得像要随时睡去，不再理睬这个世界。它们静得呀，仿佛此时的盛开，已然是微凉的回忆。

我看过无数回白日里的海棠，西府海棠、垂丝海棠、贴梗海棠……桃红、粉红、橘红、猩红、月牙白……它们在艳阳下，在和风细雨里，开得前呼后拥光芒万丈，开得气喘吁吁热气腾腾，开到肝胆俱裂残垣断壁，直到开没了自己。

它们开给世界看。

开得太累了吧。真让人心疼。

想想，还真是喜极了这月夜海棠，喜极了这海棠寂静。

如果世间有神仙，神仙一定像彼时的我和朋友，坐在月光里,坐在花影下。神仙一定像月色里的海棠,有广大无边的寂静。

单位旁边有座古老的逍遥津公园,公园里也植有各色海棠。如今,每年春上,我会故意下班迟迟,等夜色上来,然后穿过公园回家,就为了顺路看一看那些夜色里的海棠。

我经过那些海棠时,心里默念:"哦,你开你的花,我走我的路。"

借一树月夜海棠,我便抵达了一夕的寂静。

寂静,有永恒之美。

花开如笑

节气到了雨水之后,日日都是看花天。

看花天,就是看花们在笑,在风里笑,在斜斜的细雨里笑,在阳光与蜜蜂的翅膀下笑。

来吧,陌上看花去。

脚边的那些小野花,淡蓝色的,黄色的,浅紫色的,小门小户人家出来的模样,最易被目光省略。春暮的蒲公英,满地开黄花,依然不成阵势。江堤上更多的野花,我都叫不出名字,它们在牛羊的蹄子缝隙里悠悠吐露清香,这香气素淡到很快混入青草的清气里不见了踪影。

野花似乎不是花,没人当它们是花。春阳好的时候,我躺在草坡上,手指轻轻一拨弄,裙子底下小花小朵遮遮掩掩地开。它们像杜丽娘的丫鬟春香,小姐笑了,她就笑了;小姐叹气,她就叹气。它们更像我童年时所熟识的那些小村姑,人生没有宏大壮阔的场面,一点点小猫小狗的事情,也能让她们欢喜半天。你瞧,草地上,风一吹,野花就舞蹈;风没吹,小野花也在笑。春天嘛,除了开花,找不到第二桩事情可消磨光阴。

桃花、杏花是正当好年华的女子,结伴出来,垄上踏青。她们裙袂翻飞,笑声清脆,逗得路人纷纷驻足。在春天,在乡村人家的庭前院后,在城市的公园、河畔,甚至在幽幽深山里,随便一走,到处都能遇见桃花盛开。它们不开则已,一开,就是大动静。那么烈,像火燃烧。那么艳,像吹吹打打洞房花烛的新娘子,可却并不娇羞。

梨花盛开,玉一般白,雪一般轻盈,有书香女子的贞静。它即使打开了所有的花朵,即使所有的花朵缀满枝头,依旧是那种安静淡然的浅笑。它不像桃花,桃花一笑就不留底。梨花呢,再怎么开,都节制,都低调,都想着留白。桃花开得像胸口的朱砂痣,梨花开得像窗前的白月光。

春天里,玉兰花开得也不迟,花瓣质地如缎。玉兰个高,花朵又大,开起来奢华隆重,像大家闺秀,需仰见其美。它端庄,雍容,开花时从不扭扭捏捏。春风一敲门,它就"啪"地打开花朵,从不闹小情绪。小情绪是要关着门在家里闹的,出场了，就要笑得敞亮，就要美得大气。

泡桐花我有许多年都不喜欢。它盛开在高枝上，大手大脚，不遮不掩，香气浓烈到熏人。像大婶，是大嗓门的大婶。大婶站在高冈上，和男人理直气壮地说粗话，得胜，敞开嗓门大笑，笑声都能砸死一头猪。

迎春花开起来一串一串的，从枝根到枝梢，从一而终老老实实地开着黄花。迎春花的花朵平常，香味也不惊人，但是因为开得早，就让人记住了。老实人，一笑起来就不知道收口，这是迎春花。

樱花一簇一簇的，三五朵挤在一个枝节上，"嘻嘻——嘻嘻——嘻嘻嘻。"早前，我的老房子旁边有一棵樱花树，春暮才开花，花朵娇美如少女。我一看那团团簇簇的开放姿态，就想起当年读书时节，好几个女生共住一室，冬天里，学校熄灯后，我们就点着蜡烛读书、聊天。那时不觉时光之美，如今想起，已是怅然。择枝而栖的我们，再不可能回到当初团团簇簇茂密生长的光阴里了。

牡丹气场太强大，它一开，六宫粉黛无颜色。有一年春天，去菏泽看牡丹，好几个牡丹园，各色的牡丹，开起来倾国倾城。我流连花边，心有戚戚，觉得自己太单薄太苍白太暗淡无光了。牡丹是花王，纵然它那里开得深情款款，我这里，依旧觉得与它隔了万水千山。

芍药不比牡丹。芍药一岁一枯，是草本植物，可是开起花来，姿态婆娑，花朵有贵气。春暮天，枝繁叶茂的绿叶里，一朵朵硕大圆润的芍药花喜喳喳地盛开。芍药花开有憨态，又酣然，像《红楼梦》里的史湘云，一边喝酒，一边朗声大笑。

那一日，黄昏回家，路过人家的门前，见廊檐外一个十来岁的小女孩在打羽毛球。她穿着粉红花裙子，跟她的父亲正激烈战斗，"咯咯咯咯——咯咯咯咯——"她的笑声随着羽毛球起伏跌宕，在我的耳朵里画着一条又一条优美的弧线。我看着，内心小荡漾，不禁一叹："花儿呀，好美！"

与竹为邻

竹为邻，日子一定清凉有古意。

童年时，大伯家屋子西边有一丛竹子。竹林旁边还有一大丛野生的忍冬。夏日暮晚，忍冬花开，一阵阵清香鼓荡着，穿过竿竿翠竹，殷勤招引路人。那时，大堂哥常常捧着书本，在竹荫下读书，后来才知道那读书叫备战高考。

他捧着书，围绕那丛竹子一圈又一圈地转，头也不抬，脸贴着书本。我觉得堂哥也是绿色的了，像一竿瘦竹。堂哥考走之后，竹荫下很有些寂然。只有黄昏时，夕阳的金光映照湖面，湖边的那丛竹子也在夕阳的金光里蒙上了一层灿灿的喜气。

我很羡慕大伯家，无端觉得过日子要有竹为邻才好，那日子才有些含蓄蕴藉的深意。所以，每日黄昏，放学后的我每走到那丛竹荫下，总要故意收住步子。有时是手摇竹竿，逗枝上的鸟；有时踮着脚，在那里攀折竹枝。下雨天，路过竹荫下，有时故意移开伞，等竹叶上的雨滴落下来，落进脖子里，落在眉眼间，落在手臂掌心，一身的葳葳凉意，觉得自己就要凉了，就要凝结了，凝结成一块古玉，透明无瑕。

村子里有一位老先生，饱读诗书，为人耿介，但据说他是地主的儿子，从前挨过批斗。他家屋前屋后全是竹子，三间破旧的房子卧在竹林深处，真像一个多缝的蝉蜕。可是，不知道为什么，我竟就喜欢那样的人家，白墙黑瓦，翠竹环绕。每上学，总是喜欢绕路经过他家的竹林。清秋天的晨晓，透过一竿竿的竹子，会看见老先生穿着米白色的褂子，端然坐在门前吃早餐，像位老中医。我轻悄悄地走过，只觉得那是不一样的人家。鸟在竹林里鸣叫，声音回荡震颤，越发清脆干净。露水掉下来，湿了我的刘海，还有我的书包，还有我的裙子，我想长大后定要种一篱修竹。

时光荏苒，人是长大了，那样直插青空的竹子却没种成，因为住楼，没有自己的土地，像私房钱一样珍贵的土地。可是，种竹的梦还在，月光一样夜夜覆盖心上。后来，买郑板桥的画册赏览，看他画的竹，三五根，或一两丛，疏影横斜，枝叶婆娑，湿淋淋的墨意，将一颗心也漫漶得潮软生了苍苔。

在那幅《墨竹图》里，他题句子：

> 茅屋一间，新篁数竿，雪白纸窗，微侵绿色。此时独坐其中，一盏雨前茶，一方端砚石，一张宣州纸，几笔折枝花。朋友来至，风声竹响，愈喧愈静；家僮扫地，侍女焚香，往来竹阴中，清光映于面上，绝可怜爱。何必十二金钗，梨园百辈，须置此身心于清风静响中也。

看墨色游走宣纸，读散淡清奇的句子，真恨自己，恨不能生在板桥那样的年代。若能与板桥为邻，多好。浣过衣，弄好炊，然后装作去散步，隔墙看他在竹荫下喝茶，看他在纸窗边研墨画竹，院子里，竹声飒飒，秋蝉鸣噪。做他的家僮和侍女也好啊，扫完地，来焚香，竹荫下来去悠然，闻墨香，萧淡度光阴。

板桥与竹为邻，我与板桥为邻。我把板桥的画册置于案头床边，即使不翻，即使只是闻着那纸墨散发的细细幽香，已觉得日子芬芳。

到桂林旅游，坐筏子从桂林到阳朔，在漓江漂荡，看两岸青山嵯峨层叠，看河滩上竹子婆娑，美得呀，觉得我们是乘船往天河去，那青山上住着神仙，那竹林里住着仙女。桂林多的是凤尾竹，一丛一丛地长，好像一个个的竹子部落，都有自己的姓氏。凤尾竹是很柔美的一种竹子，我就想，在这样的凤尾竹下，多适合和姐妹们一起团团簇簇地坐下来，聚在一处做做女红，说说女儿家的小心思，那时都还未嫁，都还是阿爸阿妈乖巧的小女儿呀。与情人相会也在凤尾竹下，恋情就像这翠竹，一辈子团在一起，一辈子心意不变。

无土可种竹，只能以水养竹。清水养竹，养富贵竹，看那一小丛幽幽绿意停泊在斗室里，就觉得日子也清幽起来。想要与竹为邻，想要遇一个竹一样的禾本科的人，清洁又野逸，与我在水边、在林下，一起话话这清凉自得。

桃花不静

"桃花难画,因要画得它静。"《今生今世》里,胡兰成这样说。

桃花其实不静。

春天开的花里,玉兰有些静气,一瓣瓣端然,在风里不招摇。

"红杏枝头春意闹",虽是"闹"了,但相比桃花,杏花还是未出阁的妹妹,多了那么几层含羞贞静的意思。

真正"闹"的是桃花。一开就收不住,性子烈,又艳,艳得赤裸裸。

"竹外桃花三两枝,春江水暖鸭先知",苏轼的这两句诗里,是桃花和江水先得春讯。晨晓还是三两枝,到午后想必已经是一树又一树。桃花性子急，春风春日里，哪里坐得住！

从前，少年时，我还是有村庄的人。春日里，儿童放学归来早，行走在田野之上，遥看家的方向，村落，农舍，疏林，还有隐约如雾的一树树红花。那时的乡村，真是村前村后有桃花，舍南舍北皆春色。

我家的桃花开在庭前，傍水而开。大妈家的桃花开在菜园的篱笆边，花后人影走动。姑妈家的桃花正对着窗子，人站在屋里，眼前是一窗满满当当的红花。我们那个村子的人家，都依水而居。长长的河堤像一根柔软的绳子，串起了一户户农家，还有一树树桃花。

我们村子的桃花，不是苏轼笔下野逸的"三两枝"。桃花一开，家家像有喜事，让人心里莫名激荡。那些桃花，张家的、李家的、刘家的、王家的，连一连，绕一绕，都是亲戚，所以我们村子的桃花都是结伴开，开得热闹，开得似乎整日都在笑。桃花那里，只有民间的闹哄哄的喜气，它从来不自带忧伤，不具疏离气质。

那时，妈妈们在桃花荫下纳鞋底，姑娘们在桃花边绣花鞋垫，我们小孩子就踮着脚折花枝来玩。东风徐徐经过，桃花纷纷扬扬飘落，落到大人们的发上，落到姐姐们的手心里，落到我们小孩子的脸上，落到公鸡的尾羽上，落到泥地上，落到涣涣春水上……

朴素的乡村，被桃花一照，竟像点了洋红的糕点，一下就生动起来，勾起人的欢喜。我觉得自己像是住在一个桃花围成的花园里，一个桃花堆叠的梦境里。

曾有十多年的时间，我不喜欢桃花，觉得它冶艳、野性，开起来疯疯癫癫，一派终老民间多子多孙的俗世姿态。说到底，我是觉得，它的格不够。我像苏轼一样，看花也只看那竹外寂寥的三两枝，我不喜欢桃花排山倒海开放的热情。

不喜欢桃花的那些年头，我也是孤傲的、寂寥的，以为自己生来自带忧伤与疏离的气质，所以睥睨俗世俗人。

去年秋天，晚上在护城河边散步，遇到一旧时同窗，她一见我，又意外又惊喜，拉着我在路灯下碎碎聊了有小半个钟头。道别后，我不觉想起她当年在学校读书的情形，那时她就像桃花，胆大，主动追求男生，每每出入校门都是拉帮结派地姐妹一大群。虽然长相普通，但性格活泼外向，浑身上下都散发着自信。

如今回忆，我想，她的少女时代是动态的，而我的，是静态的。

这么多年，同窗在我的目光里，结婚，生子，工作，勤俭持家……她守着她小小的家庭，低姿态地结实地生活着。她像许多沦陷在烟火日常里的小妇人一样，忙碌，身份模糊，几乎找不到自己的标签。可是，她很幸福，她依旧很幸福。

现在,她是静态的了。静态的幸福,平凡,朴素,温暖……我仿佛被现在的她打动了。

无为有个太平乡,那里漫山遍野是桃树。去年春天,清明前后,我准备去看桃花,问朋友花讯,答说还没开。一周后,我盛装去看桃花,待到了那片桃花坞前,才知花已凋零。

桃花的花期真短!即使漫山遍野是桃花,花期也还是就那么几天。叹息之余,我忽然原谅了桃花,原谅它开起来泼辣、冶艳、声势张扬。也接受了人群中那些野性、泼辣、妖娆、媚行的生存姿态。

桃花不静。它静不了。它要赶着盛开,风时也开,雨时也开,春日正好时也开,因为花期就那么几天。那几天里,它倾其所有,用色彩和阵势制造出最大的动静,让人觉得,大地都载不动端不稳。让人觉得,桃花一开,山斜了,风斜了,雨也斜了。

小城姜花

姜花有着纯洁的青春之美，它像乡下的妹子，是露水洗出来的亭亭娇美。

在大城市的花店，不大容易见到姜花。姜花在小城，菜市场、超市门口、步行街头、古桥边……每一个与它邂逅的小情节，都适合用《诗经》的句式和语调来吟唱咏叹。光阴如流水潺湲，每一朵白花，都是旧年相识。

第一次买姜花，是在芜湖的长街。长街在青弋江边，不远处就是青弋江与长江的交汇口。古朴的长街，石板路，路边的店铺多半百年左右。在黄昏，一个中年女子，推着自行车，车后座上坐一桶青叶长梗的姜花。穗形的花序，一朵朵白花，像一群白蝴蝶落在绿蒲汀洲上。

"香雪花——香雪花——"卖花女子轻声叫卖着,全无商贩的声气,倒像是唤女儿的名字。姜花又叫香雪花,姜花是乳名,香雪花是学名。我疑心那卖花女子真有一个女儿,一个像姜花那么美丽可人、肌肤如雪的女儿。

姜花真香,是清雅的香,月色一般轻盈纯净的香。这样的花香只适合在南方柔软的空气里飘散,不适合北方。北方的长风豪迈了点,这样轻盈的花香会被北方大风吹得匍匐在地。姜花的香又像是穿了白裙子的,在风里摇荡着,微微含蓄,带着清凉之气。

在芜湖,还有一次是在中江桥头买姜花。价格不贵,一两块钱一枝。那一次,是跟朋友一道在芜湖电视台做节目,结束后去中江桥下一家饭店吃晚饭。卖花的是个老人,想必老人种菜时顺便种了花。老人抱着一大捧绿叶白花站在桥头边,我恍惚以为那是民国年间的夏天,真有旧时光的味道。

我从老人手里买了十来枝,送了几枝给朋友,剩下的自己抱在怀里,就着那天做节目穿的一套粉绿旗袍,拍了一张很有民国味的照片。后来,我的微信公众号就用了那张照片做头像。每次登录自己的公众号,瞥一眼那照片,心里有清甜的风儿经过:啊,我在江南的桥头,买过一束姜花。

在江北无为上班,有那么几年的夏天和初秋,我每次上城西的濡江菜市场,都会顺便买一束姜花,家里插几枝,办公室里插几枝。感觉自己像个殷勤信使，在到处种植美，传播美。卖花的是一个老妇人，有时是一位老公公，我猜他们是一对夫妻，轮换着上菜市来卖花。每次都见老人蹲坐在菜市场外的露天过道上，面前放着一塑料桶的花。在一帮卖着自种蔬菜的老人中间，卖花老人的身上似乎晕染着一层别样的气息，我对其心存感念和爱意。是卖花的老人，让我觉得我们这个江北小城有了《诗经》里的草木香，有了民国散文里的清美和精致。想想，一座小城里当家的主妇们，早上买菜，顺便买几枝颤动着露水的姜花，回家插在花瓶里，一天的日子，就会美得像悠扬的民歌。

到合肥后，夏天一到，我就旧情复发，在居处附近的菜市场找姜花。菜市场门口也有老妇人卖盆栽，茉莉、米兰、栀子花……但是，没有姜花。一直没有姜花。

姜花喜温暖湿润，不耐寒，地处皖中的合肥，似乎是姜花可来可不来的地方。这样的可见可不见、可来可不来的淡漠，委实令人怅然。

我的理想是，老了时，不写文章了，在空气湿润的江南江北，在某个时光悠悠的小城小镇，拥有一片潮湿肥沃的土地，种种姜花。小城的气质，配上姜花的气质，还有我的一片云水素心，刚好，刚好。

我会在桥边卖花，在老街卖花，在菜市场门口卖花……

那时,如果你看见一个衣衫干净、面容恬静的卖花老妇人,你不要跟她提文章的事情,好吗?

旧时菖蒲

菖蒲临水而居，幽幽寂寂。

在旧年月里，在我青砖灰瓦的旧宅之后，生长着一大丛菖蒲。寒冬才尽，菖蒲便已出水。那么早，像是先候在路口等人。等谁呢？荷，还是菱？这么紧张，怕误了佳期。

细细青青的茎叶如同出鞘的一柄柄绿剑，却无凛凛剑气。端午前后的菖蒲最为茂盛，远看河边像是浮着一片暗青色的云，将雨未雨的样子。那菖蒲香味扑人，风起时更甚，小坐河畔，弄得满怀满袖都是菖蒲的味了。

我父亲叫它"水剑草"，我也这样随着叫了多年，直到多年后的今天，才这样郑重呼它菖蒲。这郑重里似乎已经有了远意，时空隔出来的远意。是啊，水剑草，菖蒲的身份只是草。它的身躯不伟岸，气质不高贵。它只有那一身平民的青碧，在初秋开紫色的花，是忧伤浅浅的紫。

去苏州游览园林，看那些园子里小桥流水，看红鲤嬉戏莲叶之间，看清水里倒映着八角小亭的影子，心里忽然空了一下。菖蒲呢？

菖蒲在民间，在僻静的乡下水塘边，在寂寞的沼泽深处。菖蒲的家世不显赫，姿态担不起奢华的场面，自然处境冷落。

幸而，夏秋之间的乡下河塘里，有着喜事一般的热闹。菖蒲在近岸处绿叶摇曳如波如帐，菱角的碎小白花已经谢成了一弯弯红色的果实。菖蒲和菱角相伴在乡间的水塘里，俨然欢喜的情侣。

但，聚过是散，喜后余悲。菖蒲风里采红菱，一捧捧，鲜艳可人。菱角出水离岸后，很快被送上了街市，直至它们端庄地坐进了一个个白瓷的盘子里，像青涩少女焕然一新做了大户人家的少妇。而菖蒲，还在远水边，在守着一片白水日渐寒凉，直到叶残冬尽。

这是菖蒲的命运，它只能演绎成红菱的旧情，红菱后来的隆重里没有菖蒲。我替菖蒲感到悲辛。《本草秘录》里也有关于菖蒲的文字，是说石菖蒲的："味辛而苦，气温，无毒……然止可为佐使，而不可为君药。"中药方剂的组成原则有四个字，叫"君、臣、佐、使"。君药是主药，臣药是辅药，佐药的意义在于或协助君药臣药以加强治疗作用，或用以消除、减缓君药臣药的毒性与烈性，使药则是充当了引经药或调和药性的药物。《本草秘录》里的这一句，便是说石菖蒲的命数了吧，石菖蒲不是主药。物和人都在命里走着——这一辈子，注定做她命里的配角了，辛兮苦兮自己知。

我们这一生里大约都遇上了一个菖蒲吧。

是同住在一条河堤上的两个人，十几岁时背着书包上学，日日自他家门前经过，他躲在窗子后面看她，将她的背影长长送到芦苇那边。她一毕业他就央父母托了媒，中间折折转转的欢喜和悲伤，以及琐屑的世俗和势利，她到底没有成为家世平平的他的新娘。又或者，是青梅竹马的一对小人儿，住在小镇上的一条街巷里，一道上学一道回家，只是，玲珑秀丽的她终于考进大学，然后落户繁华都市，而老实清贫的他中学毕业就接替祖业，一辈子守在粉墙斑驳的老街。许多年后，她回娘家，穿着三寸高的高跟鞋经过他家门前，恨不得脱了鞋子撂着一双空脚来走，轻轻复轻轻，只恐踩疼了他门前的暮色或露珠。她知道，她是他最深最重的疼。

他是她命里最初的人，她在他怀里遗了初吻、失过小魂。她长成了凤凰，远栖都市梧桐枝，挣着不低的薪水，过着体面的生活，巧妙应付丈夫试图追问她少女时代的情感履历。他在小地方，娶了一个并不爱的普通女人，生下一双儿女，日子就那么远远淡淡地过。他过得简单而清贫，唯一的财富只在内心，就是那些从前和她在一起的流光碎影。她想起他时，会去听忧伤的歌；她听忧伤的歌时，总会想起他。他是她终身不愈的暗疾。

"滴答滴答滴答滴答，小雨它拍打着水花。滴答滴答滴答滴答，是不是还会牵挂他？"

是啊是啊，年华都滴答滴答地碎掉了，还在牵挂。但，芒草都已白了青山头，一切都变了老了，回不去了……

在一方白纸上写上他的名字，轻轻念出来，眼里水雾漫漶，仿佛回到旧时故乡，面前河水荡荡。隔着河喊他：

"菖——蒲——菖——蒲——"

村有杏花

杏花的气质，很像是邻家小妹。

隔着幽凉的二十多年光阴回眸看去，她疏淡、清美。

每年春天，去山里看桃花，桃花烂漫到放肆。回程的路上，总会在心底想一想杏花，像怀着越轨的相思。杏花不曾看。杏花似乎太远了，远到隐居在中国画里，在唐诗里。

想起曾经看过一个画家的作品，是水墨。淡墨扫几笔过去，扫出三五重远山，远山推挤着，拱出一座略微湿重的近山。山脚下，卧一村庄，赭墙墨顶，至简至朴。难忘的是墙角斜倚一树杏花，浅粉色的花朵点点簇簇，乱纷纷，似乎好轻，风一起就能抹去。风未起，那杏花还开在宣纸上，透着少年的清凉和江南的湿意。

那是杏花。

我固执地认为，画家以水兑就的曙红，极淡极淡，染出的一定是杏花。是的，不是桃花。桃花太冶艳，太热烈，太容易骚动。桃花缺少淡雅，缺少内敛，缺少一种静气和远意，缺少一种少年岁月所特有的凉意和萧淡。

台湾女作家朱天文有篇小说《柴师父》，难忘里面一句："如果他不是等待那个年龄可以做他孙子的女孩，像料峭春寒里等待一树颤抖泣开的杏花，他不会知道已经四十年过去。"是啊，杏花就是这样一个清凉的少女，等待，她如远如近。等待这样的女孩，如同等待一块绿洲，如同等待悦耳的乡音。然而，青春到底是远了，等待中，青春到底不能复活。女孩去了比利时，说是下个月回来，回来后她会再来吗？杏花已经开落，青春已经远走，只剩下这暮年岁月的寂寥和杂乱。

到池州去，去杏花村，去唐人杜牧喝酒的那个杏花村。秋日晴和，烟树满晴川，立在杏花村公园里，一阵恍惚。眼前的砖墙、杏树、未凋的绿草、未浅的池塘……一切皆陌生，陡然间，又觉得如此熟悉。果真是一个杏花的村，植了那么多杏树！仿佛唐代的一滴墨，落进了宣纸里，洇开来，又漫漶又生动，便成了眼前这"杏花春雨江南"的园子。

遥想千百年前的那个清明，草木萋萋，山花绽放，诗人杜牧一身青衫来踏青，想想谪居生涯，离家千里，自是惆怅几分。恰此时，春雨纷纷而下，路上行人，或冒雨，或撑伞，相携赶路。瞧瞧自己，无伴，无伞，青衫半已软软地湿了，怎么办？喝酒吧！消愁，也取暖。酒家在哪里呀？问吧。

"清明时节雨纷纷，路上行人欲断魂。借问酒家何处有，牧童遥指杏花村。"是遥指啊，远，可是也能看见，冒雨走一截就到。杏花村，不远不近。

要感谢这青山林泉之间，有一座盛开杏花的村子；感谢黄家的酒店，收留一个内心微凉的诗人，在清明，在酒后，由他散发他灵魂的芬芳。这芬芳的诗句，也像是杏花，萧淡又圆满，凄迷又清凉。

时间之河里，杜牧已驾舟杳然，但《清明》诗还在，杏花村所幸也在。秋阳融融，沐浴其中，身在杏花村，觉得自己也仿佛被杏花的气息濡染，虽然杏花早已开过。我觉得自己也成了一株摇曳在唐诗里的植物。应该是草本植物吧，又绿又柔软，又轻又透明，颤颤地，像少女在晚风里，素白裙子轻轻摆动，与杏花为邻。

可是还不够，还想在来年春天，去一趟杜牧的池州。看水波潋滟，看照水的杏花在春风里婆娑盛开。

如果一个人的魂魄可以像裙子一样脱下又穿起，我多么想让魂魄游离，穿在一朵杏花上。我多想在一个露水微凉的晨晓，在一个古意尚存的村子，做一朵旧年的杏花。多年之后的你呀，看没看见，我都盛开。风来不来，芬芳和清凉都在。

与胡杨相遇

遇见胡杨,像遇见英雄,像遇见神。

第一次见胡杨,是在朋友拍的照片里。我惊艳于那么浑厚光明的金黄!在荒漠,还有那样一种乔木,在风沙里专注锻造纯种的金黄。

这样的金黄,有着皇家的贵气。这是属于中国的金黄。

但我没想到,胡杨的盛大华美是在苦难里淬炼出来的。

肯定要去一睹胡杨的风采。睹的是新疆轮台县的野生胡杨林。胡杨林里,一株株高大的胡杨们,傲然举起金黄的树冠,高低连接、堆叠,竟像一团大火在熊熊燃烧。谁在大火面前展示声威?

胡杨秋叶灿烂华美,可是走近胡杨,我更震惊的却是胡杨的残缺、疼痛和生长的艰辛。

那些胡杨，有的主枝戛然断折，只剩小簇的叶子在侧枝上偏安——一棵树的山河破碎。有的干脆拦腰折断，只剩半截主干，像一支秃笔插在沙里，静默无言。有的胡杨，已经睡倒在脚下的沙里，我踩着沉睡的胡杨，像踩着一只搁浅的驳船。

我不知道，是哪一场狂风，带着天山凛冽的寒气，将一棵棵百年千年的老树切去了叶，切去了枝，甚至切去了干，切去了生命。而那些幸存下来的胡杨，大多已伤痕累累。

但是，只要活着，就要长出叶子，把叶子铺在风霜里，敲打出一身尊贵的金黄。狂风、暴雪、尘沙……都不怕。新旧接替着长，左右突围着长。一年一年，十年百年，尝尽了苦难，也成就了巍然与明艳。英雄路，就是这样辗转，又豪情万丈。胡杨是树里的英雄，生而不死一千年，死而不倒一千年，倒而不朽一千年。

离开轮台时，在轮台火车站的候车大厅里，我又见到了一幅巨大的胡杨照片。照片里，胡杨依旧金光灿烂，只是，胡杨林旁边，有一湾蓝色的水域相衬。碧蓝的水里，倒映着胡杨金色的身影。湖蓝与金黄的完美组合，美得庄严而深情——照片里的胡杨闪耀着一种母性的光辉。

这也是轮台的胡杨，它们挽手并肩，连成树墙，抵挡风沙，抵挡着塔克拉玛干沙漠的北移。它像一位母亲一样，温柔守护着绿洲，守护着家园，守护着一汪蓝莹莹的清水。

　　遇见胡杨，我就遇见了神；遇见胡杨，光芒就照进了我心。即使在多雨的南方，我告诉自己：你要活成一棵胡杨，要心灵尊贵，要无惧磨难，要有母性的深情与温柔，以惠及他人。

沙家浜的芦苇

《诗经》里写芦苇，写得风雅婉约。

"蒹葭苍苍，白露为霜，所谓伊人，在水一方。"想象着那画面：满河满溪的芦苇，青碧茫茫，绿叶上的露水已经凝成了薄霜，秋色渐深，晨气微凉得叫人忧伤。那个美好的女子，还在秋水的那一边呀，一春一夏的时光汤汤过去，都还未能抵达她的身旁，唯有一片浩瀚的深秋芦苇渲染成了一场相思的薄凉底色。

其实，不是芦苇有那么风雅、那么儿女情长，而是我们的先民风雅。他们的生活和情感，浪漫得让后人嫉恨，即使忧伤，也忧伤得那么婆娑有姿。即便是一段幽暗的情怀，也能被那些草木衬得生出明丽的绿光来。而来到了沙家浜，来到了阿庆嫂的茶馆里，隔窗看那些芦苇，就全然是另一种气象了。

沙家浜的芦苇，大气磅礴，莽莽苍苍，是大手笔、大写意，是千军万马奔腾的绿。

芦苇在水里，芦苇在岸上，芦苇在湖中的岛上，芦苇在林荫小道的两旁。凭依木桥，放眼望，湖水泱泱，满目是五月的浓碧，不知道是芦苇将湖水揽在了臂弯里，还是湖水拥芦苇在怀抱。这真是芦苇的部落！

正是初夏。看花花已落，赏果果未成，这样的寥落时节，却是芦苇最好的时候。在沙家浜，在芦苇最好的年华里赶来与它相遇，这是幸事。它们亭亭如修竹，俊逸如世外雅士。微微摇曳的叶子像绿色修长的手臂，轻轻抚摩白色的飞鸟、狭长的流云和青灰的天空。它们又和飞鸟流云以及天空融在一起，融成了水底琥珀一般的倒影。我们在芦苇丛里穿越，拂面的是芦苇的风，呼吸的是芦苇赠予的空气，夹杂着浓郁草本植物气息的空气，一时间忘了路途失了方向，却也闲闲淡淡地不着急。沙家浜半日，怎么想，都觉着过得奢侈。

帕斯卡尔说，人只不过是一根芦苇，是自然界最脆弱的东西。这里以芦苇为喻，突出人之脆弱，可见芦苇也是脆弱的。我想，从某根芦苇个体来说，确乎脆弱，即便长到竹木的高度，可触摸天空，到底还是一根苇草，逃不掉草本植物的难禁风霜的命运。

但沙家浜的芦苇又是顽强的。千万根芦苇在水泊，那就是敢于改天换地的英雄好汉啊！狂风经过，芦苇在水面掀起汹涌绿浪；风雨之后，芦苇们又一根根挺起笔直的脊梁。即使被砍伐，被火烧，来年春风一唤，一根根又从泥土之下举起尖尖的绿戟了。

京剧《沙家浜》里，那位敏锐机智又勇敢的阿庆嫂，就是借一片茂盛的芦苇荡掩护了新四军。谁会想到，这样清水绿芦的好地方，竟是与敌斗智斗勇的战场！那些临水生长的一根根苇草，在血雨腥风的年代，都生了胆气与豪气，成了一个个杀敌除寇守卫家园的战士。是啊，一根芦苇是渺小脆弱的，千万根芦苇站在一起，就布起了阵势，就有了战斗的力量。千万根芦苇密密生长，就长成了芦苇的海，就见出了蓬勃的生命大气象，就见出了百折不挠的民族大精神。沙家浜的芦苇，书写的不是《诗经》里小儿女的小情调，而是一种关乎民族大义的大境界。

个体融入群体，水珠融入大海，才会焕发永不消亡的生命力。在面对着眼前那一片苍茫无边的芦苇之海时，我想，生命短促如朝露，也许唯有将倏忽之间的生命融入一桩热爱的事业中去，孜孜不倦，全力以赴，生命才会呈现一种恒久而辽阔的魅力。

在沙家浜，真想做一根葱碧无花的五月芦苇，亭亭而立，静静生长。至于此后的荣枯与浮沉，就交给江湖上的风雨和日月来安排吧。

第二辑 洋红月白

相思一老,那时光便都作了月白色,淡淡的白,浅浅的蓝,微微的凉。轻轻放下,慢慢不想,一转身,彼此即是天涯。

半　旧

读《红楼梦》，喜欢里面一个词：半旧。

第一次去见宝玉的母亲王夫人，在王夫人日常起居的东廊小正房里，黛玉看见炕上设着半旧的青缎靠背引枕，王夫人坐的是半旧的青缎靠背坐褥，黛玉坐的椅子上，搭的也是半旧的弹墨椅袱。每读到此处，总要内心一阵惊悸，叹作者笔力惊人，也叹贾府贵气逼人。这样一些色彩半旧的物品，看看那青缎的料子，分明彰显的是贾府的华贵与庄严，以及大户人家不轻易炫耀的底气和历史。想想穷门小户的人家，哪捧得出半旧的像样物品，多半是破烂货了。即便咬牙置几样新东西，也是很快从新艳沦落到旧烂，中间这半旧的过程短。没有好的底料，禁不起日月一趟趟地磨。至于暴发户的人家，家具器物一色全新，也无半旧。缺的是积淀，是根基。

而饰半旧的妆容，更是断断不易。宝玉探望生病的宝钗，掀帘进去，见宝钗一副半新不旧的打扮：蜜合色棉袄，玫瑰紫二色金银鼠比肩褂，葱黄绫棉裙，眉不画唇不点的，别有一番风韵。我想，一部红楼里，大约也只有宝钗敢挑战半旧的东西。肌肤胜雪，面若银盆，眼如水杏，这样无可挑剔的雍容之美在盛装里缺少对比反差，反而容易把人淹进衣服里。倒是半旧的素色衣服，更衬出楚楚可人的淡雅娴静之美来。

林黛玉就不适合穿半旧的衣服。人一病瘦，气色就差，加上走路摇摇的瘦削苗条身材，搭上半旧的衣饰打扮，容易显得晃荡荡的落魄。林黛玉着装宜新宜艳，艳色之下，风姿飘逸的味就出来了，而不是旧衣服里戳出一根根嶙峋的骨头。

对着地图看，点数大大小小城市，觉得上海最担得起半旧。在外滩，百年的洋房建筑依然那么雍容华贵，那么挺拔雄浑，仿佛一位半老绅士，叼着烟斗，拄着拐杖，闲看黄浦江流水和隔岸的璀璨灯火。氤氲水汽中，路灯亮起，提一只随身小包，自万国建筑博览群前经过，耳边犹响周璇的歌："浮云散，明月照人来……"花好月圆，浓情如酒，百乐门的舞场掌声雷动，绿酒污红裙。到底是一座国际大都市，在奢华的现代喧嚣之下，还保留着一件半旧的里子——半旧的历史和文化遗迹，可供流连沉醉。

犹记少年时，在庭前看母亲晒霉。黄梅天后，天气晴热，衣箱搬出，一件件展开铺在荻席上晒。有隔年的棉衣，有母亲出嫁时陪嫁的鸳鸯枕头，还有我儿时穿的百家布缝就的花夹袄。邻居大妈站在旁边，拾起枕套看，白底子上绣了妃红的荷花和金绿的鸳鸯，还隐约散发着旧年的洗衣粉残香。大妈家没有这些好看的半旧衣物，她父母早亡，做了童养媳，结婚时没有陪嫁。我每每忆及母亲晒霉，恍惚中，二十多年前的阳光犹在，少年时的衣香犹在。我想，彼时的母亲在半旧的荷花鸳鸯枕头面前，在大妈羡慕的目光里，一定心怀甜蜜。是一副半旧的枕头，将一个乡下已婚女子的平淡时光撑得饱满而芳醇。

某日，读初中的儿子跟我说起《诗经》，他说喜欢"桃之夭夭，灼灼其华"那句。于是，我们说起桃花，说起桃花一样美的姑娘，说起那姑娘的出嫁。我暗想，他心里正懵懂喜欢的那个女同学，正是桃之夭夭的年纪。一念至此，觉得自己轰然老去。是啊，老了，旧了。桃花又是一年春，春天的主人换了。怎么办呢？低头做事吧！年华渐逝，容颜渐凋，也许，学识涵养阅历和情怀，会帮我撑一程，撑我做一回半旧的女子。

微　淡

　　有些花，颜色会越开越淡。

　　宅前的红蔷薇，开在春暮的晚风里，一洗铅华，似乎有了隐者之心。微淡微淡的淡红花瓣，薄薄地颤。

　　清秋的月亮，从东边的篱笆上升起来，在弧形的天顶上踽踽独步，遥望大地，到晨晓，月色也是微淡的了。彼时，露水濡湿篱笆上朝颜花的叶和花蕾，也濡湿了瓦檐和瓦檐下的蛛网。鹅在河畈上吃草，伸头一啄，露水簌簌而下。月亮的那一点黄，那一点红，都化作露水洒给了大地万物。它自己，微淡微淡的影子，隐没在西天尽头的朝云里。

　　有些日子，也会越过越淡。

　　从前迷恋红妆。化妆包里，胭脂和口红断然少不了，喜欢自己的一张脸是千里莺啼绿映红的繁丽与生动。现在，喜欢素颜，喜欢素色，喜欢自己是晚明烟雨里的一篱淡菊。绯红、桃红、橘红、曙红……那么多深深浅浅的红色，我只隔篱看花一般地瞟一眼，不再流连，不再恋恋放不下。

回想从前热爱舞蹈的日子，穿过那么多耀眼的演出服，珠片叮当。每次演出，为了登台，总要过江辗转，到布匹批发大市场里挑布，回来跟裁缝细细谋划款式。如今电子购物方便快捷，买件演出服比上菜市场买大白菜还要容易，可是，我已经不买了。

如今，喜欢麻，喜欢棉，喜欢大衣在身上晃荡。秋日艳阳，穿一件茶褐色的苎麻风衣，穿过小半个中国，穿得人像个出土的哑蝉，衣不惊人，独享清风不语。

一直以为，写作是一件浓情的事。在寂静的深夜，在键盘上敲，每一个字都像是自己的情人知己，背负着炽烈疼痛的相思。现在，一颗心写薄了，薄得迎光一照可见血丝。

薄得只愿意阅读。在深冬，拥衾抱卷，听时钟嘀嗒嘀嗒，觉得自己像一个还未解人世风情的蚕蛹，在不分雌雄地生长着。

还记得，从前一味沉溺于书写表达的畅快，倒不大喜欢阅读。那时曾有一编辑善意提醒我：要留时间来阅读，还要留时间给自己冥想，不要总是写。

怎么可能总是写呢？写着写着，写的心就淡了。像一朵睡莲，从早晨开到黄昏，夕阳在山的时候，我会收拢花瓣，不再吐露心香。

情怀和心境，到最后，都会微微淡下去吧。

读明末文人张岱的《湖心亭看雪》，那就是一幅墨色微淡的水墨啊。

"雾凇沆砀，天与云、与山、与水，上下一白。湖上影子，惟长堤一痕，湖心亭一点，与余舟一芥、舟中人两三粒而已。"

冬日寒山，应是黛色，是浓墨里加了一点点青，冷峭瘦硬，突兀在天地之间，突兀在宣纸上，突兀在国破山河在的旧文人的内心。现在，大雪之下，一切微淡。山与天和水，都笼在一片茫茫无际的白色里，慢慢隐藏起自己格格不入的色调。包括长堤和旧亭，都是淡色了。家国恨也好，别离悲也罢，都笼进了苍茫如雪的往事里。

这是一幅淡墨绘就的澄澈清冷的世界，掺不进一点人间的是非与情感。因为内心清远，所以放眼看，江山辽阔。

住在西湖边的那一拨明末文人，就这样一日日将墨浓如铁的旧恨写成了空灵无染的淡墨小品。心意淡，笔墨淡，将自己放逐于淡墨一样的云水之间，冷也逍遥，孤也自在。

所有的颜色，所有的喜好，所有的情怀，太浓了，就是囚禁。所以，不妨选择转身，微淡下去吧。微淡，或许是条出路。

黄昏过长桥,远远看见旧时人。我假装不知,低头看湖水,湖水里颤动一缕孑然行走的淡影。啊……她没有抹胭脂。

月 白

相思一老，都作了月白色。

是啊，是月白。比春暮晚风里的樱花还要淡的白，比雨中梨花还要凉的白。是被初涨潮的海水舔了一口的白月亮，寂寂走了一夜，落在沙洲上，从此脱不去那水润润的浅蓝，忧伤的浅蓝。

月白本是极清新的颜色，电视剧里民国的女学生常常上着月白斜襟小袄，下着齐膝黑色半身裙；而被《红楼梦》里的妙玉一穿，那月白色就全是一股寥落的仙气了。第一〇九回里，贾母生病，妙玉来看望。那一天，妙玉身上穿一件月白素绸袄儿，外罩一件水田青缎镶边长背心，拴着秋香色的丝绦，腰下系一条淡墨画的白绫裙，风姿飘逸，很有出家人的范儿。回头看前文，无论是曹公，还是高鹗，都没有哪一次像这样工笔细描过妙玉的形貌风姿。我私下揣摩，妙玉此时的心境一定也大不如前了。那一次来看贾母时，宝玉已经成婚，她一颗芳心一定被尖尖冷冷地刺了一针。虽然，矫情自称是槛外人，但到底是脸红心跳地动过心的。现在，热热烫烫的心缓缓冷却下来，波平浪静的，于是一件月白的袄儿穿在身上显得格外妥帖。

我常想，妙玉和黛玉就是一个人，同样的孤傲不群，同样的风神飘逸，是作者将一个人分开了写。黛玉因相思而死，死得幽幽寂寂，时光到此，便成为深不可测的黑洞。如果黛玉活着，大约就是像妙玉这样，耳热脸红之后，独自心跳之后，还要揣起隐痛，装着月白风清的样子，着一件月白的袄儿，来看视亲戚。

相思一场，有什么用！相思老在心里了，终于自己清了场。心里的这片山河就这样瘦了，寒月当天，白水东流，浅蓝色的水汽朦胧中，孤舟远行。人生从此也是这月白色的了，冷冷淡淡的月白。

一本红楼里，月白色的袄儿，只见妙玉明明白白地穿过这一回。黛玉从扬州带来的贴身丫头雪雁，也有一件月白缎子袄儿，赵姨娘曾向雪雁借，要给自己的丫头穿了陪她回娘家去奔丧，雪雁没答应。雪雁的那件月白袄儿收在箱子里，想必不常穿，到底太素。宝玉大婚，雪雁被令去引新娘，从此做了宝玉房里的丫头，想必那件月白的袄儿更不常穿了，是啊，太冷清。旧物旧人和旧情，都暗暗敛进那一方月白色里了。

只是月白，还不是茫茫大地真干净的大白。宝玉别父时，贾政正在船中写家书，停笔凝神之间，看见微微雪影里面一个人，光头赤脚，身披斗篷，与他拜别。贾政起身问询，登岸追赶，转过山坡，人影已倏然不见，只剩茫茫空阔的一片雪野。在宝玉那里，那是彻底地走了，彻底地挥袖作别落得干净了。

但我们还在红尘中，只能轻轻放下，慢慢不想，独抱一份寂寥情怀，不与他人语。往事拢拢叠叠，与那人不通电话，也不往来。即便咫尺之间，一转身，不想了，彼此即是天涯。从此，那时光便都作了月白色，淡淡的白，浅浅的蓝，微微的凉。

遥想在栊翠庵前的某个夜晚，月色入户，妙玉感慨不眠，一个人起床步月至庭前，无茶，无棋，无诗，无琴。栊翠庵外，月华茫茫覆下，山川静默不语如禅者。一个侍儿近前来，捧一件月白的袄儿，道："露水下来了！"

是啊，露水下来了，在石阶上晃着清冷的月光。妙玉替黛玉活在世上，老了相思，只剩天地一片月白，一片平凉。

秋香色

秋香色，一种极具古典味的颜色。实则就是浅黄，有时在浅黄里还渗透隐约的一抹浅绿。深深浅浅地喜欢这颜色已有多年，一直觉得这颜色里有一种别样的妖娆，一种低调的奢华。

《红楼梦》里，林黛玉初进贾府，老嬷嬷领着她去见二舅母王夫人。到得正室东边的耳房内，王夫人不在。阒寂房间里，林黛玉看到了那炕上正面设着大红金钱蟒靠背、石青金钱蟒引枕，还铺着一条秋香色金钱蟒大条褥。隐隐的贵气透过来，让人噤声不敢语。再折到东廊小正房，在这个王夫人日常起居的房间里，黛玉才看到了那些半旧的陈设。回头想，那东廊的房间是奢华的，只是，是一种无声的奢华。这奢华虽是不撞眼刺目，虽是做给人看，却自有分量，令人心头凛然。

第八回里宝玉探望病宝钗，宝钗坐在炕上做针线，一副家常打扮，穿戴都是些半新不旧的衣饰。宝钗是低调的人，即使是美貌，也不让那光芒咄咄逼人，而是软软敛下来。而宝玉就不一样了，事事过于隆重，恨不能把每一个日子都当作节日来过。那一天，宝玉头上戴了金冠，额上勒了金抹额，身上还穿了件秋香色立蟒白狐腋箭袖——如此奢华艳丽的装束。只是，这也是一个人的奢华。宝钗光是在衣饰色彩与打扮上就没能和他应和，让人忍不住替宝钗遗憾。如果宝玉不出家，关上门后，婚姻里那些山长水远的日子，两个人要怎样尴尬应对，才能走得完！

多年前的一个春末，心思寡淡，到一家女装店里转，挑了一件秋香色的薄羊毛线衫和搭配的细条纹裙子。买回来后，不几日，夏天响亮来到，那衣服便无从上身。衣橱里挂了一整个长夏，也不恼，偶尔在衣橱边流连，只是看看。不穿，只是看看，便可享受一个人的奢华。安静无声，与世无扰，一如想念。待到夏阑珊，秋风里穿着那秋香色的线衫自桂花荫下经过，竟如和相好多年复又分别的旧人重逢，欢喜都在深深浅浅的杯盏里，不与外人道，独享内心繁华。

如今，人到中年，心思渐淡渐薄，淡薄如一杯菊茶，香已逸散，只有菊瓣垂老卧杯底。是啊，一些人狠心忘去，一些人还沉在心底，水中明月似的。某日，忽作小儿女心，想出门去见一个人，一个人去见。衣橱里翻，弄妆迟迟，翻出一条秋香绿的丝巾。想起那时系它，人还很清瘦，还在小病中。独自浮想一番，也不出门了，煮水烹菊茶。就着往事，一腔儿女心，用一壶茶水和一个下午的时光，慢慢将之消解。

人到中年，庸庸碌碌，纷纷扰扰，想念是一件奢侈的事情，只能偶尔轻轻地奢侈一下。想想，如果没有想念，那么人一定是彻底地老了旧了。何况，有的人到老了还在想念。想念就像痒和疼，应是一个人起码的知觉。想念的那一刻，世界荒芜衰老，而莲花，从心底亭亭出水盛开。心灵洁净，血液回流，青春重回宝座。这是一个人内心的奢华年代，但没有观众喝彩。就像秋香色。

所以，红喜绿怨的裙裳里，一定要有一件秋香色的，让身子住进去，低低奢华，独自摇曳。

洋　红

各种红色之中，我似乎最爱洋红。

咱们传统的大红，红得有庄严的意思在里面，总像是要做惊天动地的大事的样子。面对大红，仿佛神灵在侧，不敢贸然言语。大红也喜气，但那喜气里有一种不可冒犯的凛然，蕴含着秩序感。说到底，大红令人拘谨。

洋红就不一样了。洋红，红得明媚、热闹，很有一股扑面的民风。洋红像胆子大的花儿，可以乱开，春天开，冬天开，早上开，晚上开，山顶上开，溪水边开。哪里都可以热闹，随时都可以热闹，一路缤纷没关系，没人拿眼睛瞭着你。

从前，在我们乡下，做喜事，最喜欢用洋红了。

小孩子出世，年轻的爸爸要到亲戚家报喜，报喜时要送上喜蛋。红红的喜蛋，蛋壳上染了洋红。小孩子还没出世，乡下的外婆已经在准备小孩子的衣物了，从里到外，从头到脚，穿的戴的，一应准备齐全。还会准备一大叠尿布，是白土布做的，裁成两尺见方的方块，染上洋红。

我记得，从前我奶奶经常会给小鸡的鸡毛染上洋红。那时的乡下，每到春天，几乎家家都会孵上一两窝小鸡，这样，左邻右舍的小鸡们在一起吃草啄虫时容易混淆，为了分辨出自家的小鸡，我奶奶就会买一点洋红放进碗里，然后一只只地染红小鸡头顶处的绒毛。我和弟弟那时经常帮奶奶捉小鸡，毛茸茸的小鸡在掌心挣扎，令人又心疼又欢喜，我们手上便沾满了洋红。

那些被点了洋红的小鸡，仿佛有了姓氏的孩子，在河边的阳光下啄食青草，好像一朵朵活泼盛开的花儿。绿树青草与碧水之间，这一点一点轻快跳跃的洋红，让寂静朴素的乡下也有了繁华生动。

洋红是这样民间，它最有民间的热闹，不隔不硬，可以入住千万家。

齐白石画画，最爱用的颜料是洋红，也叫西洋红。他笔下的梅花，不孤傲隐逸，不清寒冷艳，而是充满热闹和喜气，可见白石老人对世俗生活抱有一种饱满热烈的情意。他画梅，用的是洋红。他曾说："昔时之胭脂，作画薄施，其色娇嫩，厚施，色厚且静，惜属草产，年久色易消灭。外邦颜色有西洋红，其色夺胭脂，余最宝之。"与中国的胭脂相比，他还是更喜欢洋红，洋红更饱满，更有生命力。

有一回，诗人艾青在伦池斋的一本册页上看到齐白石画的樱桃，鲜艳可人，就想买，结果价格没谈妥，于是转身去齐白石家求画。白石老人当即给艾青画了一幅樱桃，可是，却没有艾青在伦池斋的那本册页上看到的好。白石老人说："西洋红没有了。"

因为缺了洋红，即使是齐白石一手画就的画，也会逊色得叫人黯然。

洋红，热烈，明亮，又有一种民间的亲和，最易打开人的心扉。所以，吴昌硕用洋红，齐白石用洋红。

初夏去乌镇，逛过茅盾故居，逛过染坊，走过小桥流水，走过悠长的街巷，临走买了一件麻布开衫。瘦瘦长长的苎麻开衫，洋红色，穿上身，搭配白色长裙，特别入画。

后来，有一个画家画我，我就穿了那件洋红色的开衫。那幅画，画家很喜欢，画面热烈，人物像要从画里跳出来。画家画我的洋红开衫用的洋红颜料，是特意托人从国外买回来的，明亮，生动。

如果没有那件洋红开衫，那幅画，大约也会寂然朴素一些吧。

我们住在民间，没有太多的大事要做，最惬意的时光是穿一件洋红的衣裳，或者披一件洋红的丝巾，沐浴着无边无际的阳光，悠然于垄上，做一个实实在在欢喜的人。

把洋红当成姓氏，明亮地活着，热烈地爱着。在民间，在缓慢的光阴里，把自己散养。

青

诸种颜色里，恋上了青。

青是安静的，单薄的。

"花褪残红青杏小。燕子飞时，绿水人家绕。"是苏东坡的句子。这疏淡的笔墨里，就渗出了一点点的青来，是青杏。农历三四月的杏子，在碧色的枝叶底下，悄悄地生长，不招眼，不浮浪。一副青涩的外表，容易被遗忘。

这多像少年时光啊。属于乡下的少年时光，没有少年宫，没有钢琴与舞蹈。四月的沙洲上，外婆的小院里，洁净简拙。院子外的泡桐上蝉鸣未起，篱笆上的木槿还没打苞，外婆的小院罩在一片恬静的青色里，闲寂清美。我们在小院里，也像是一簇青色的叶子，微微摇曳在风日里。

翻开色谱来看，看青的位置。青应该是从绿里衍生出来的一种颜色，它包含于绿色大系里，却不等同于绿。二月的纤纤细雨里萌生的新草，是绿，嫩的新的绿，不是青。八九月间远山上的草木，在朝暮的烟霭里沉淀下来，那是黛色了吧，也不是青。青是未老的绿。青一老，就是黛。即使老得明媚些，也是蓝了吧。

四五月的草木是青的，是一种寂然的青。青立于仲春和仲夏之间，繁花已落，硕果还未登上枝头，两头的热闹都没赶上。

戏曲的舞台上，有一角色叫青衣。端雅大方，明丽成熟。她有花旦的美，但弃却了花旦的俏与媚；她有老旦的矜持庄重，却又添了几分绰约风姿。她莲步轻移，一身素洁的衣，粉色、白色，或蓝色、青色。水袖袅袅，分明有一种暗暗的寂寥。只是，这寂寥是那样隐约，那样轻盈，一个转身，就被端庄的她轻轻压下去了。青衣的女子在俗世里，一样安然淡然。她看待爱情，就好像坐赏春末阳台上新移栽的一株海棠——那枝枝节节上的花，要是开，已经开过了；要是不开，也已经不会再开了。她看着那些夭折的花蕾，伴同残红零落，内心无怨无艾；一抬头，轻愁烟散，天地平阔。这就是青的境界。

国画颜料里有石青。我从前临摹过一幅美人蕉图，五月的美人蕉，有茂盛的叶子。在宣纸上勾线完毕，一坨石青挤在调色盘里，兑了水化开，一笔笔涂染。一片片石青色的叶子，在画面里占去大半，却只是衬托，衬花。因为，那叶子丛里，一茎朱红欲燃的花朵，正高高顶在画面中央。这是青的命运，不甘也没有用。

青古朴而自重，不热烈，不张扬。再怎样山长水远地涂抹，永远只是底色。青是未能顶上红盖头入门的女子，就这样终身未嫁，静悄悄做了他一辈子的知己，与他隔街隔巷隔城隔生死，只能成为他浩瀚的想念了。赵雅芝版的《新白娘子传奇》里，有个女人叫小青，我一直疑心她也是偷偷喜欢许仙的。有一回查资料，竟知道在清代演出的《白蛇传》里还有"双蛇斗"这一出戏，那时的青蛇还是一个男人，爱上了白素贞，白素贞没有接受他的爱，于是他将自己变成了一个女人，做了她的丫鬟和知己，陪她来红尘爱恨一场。原来是这样……无论爱的是谁，着青色衣服的那个女子，即使在浪漫传说里，也和我们一样，心在别处，化浓为淡，兀自寡欢。

青色算得上是颇有中国文化意味的一种颜色了，只是人们常记得的是喜气的大红与青花瓷器上的纯蓝。青是落寞的，在晴耕雨读的风雅古代，位卑的读书人着的是青衫，寻常人家的女子裹的是青裙。白居易的《琵琶行》里有一句："座中泣下谁最多，江州司马青衫湿。"庙堂那么高那么远，只有他在偏远的江湖里寥落,月夜酒后听一首琵琶曲,一袭青衫全做了揾泪的方巾。山河有多辽阔,寂寞的心就有多辽阔。浔阳江头的那一袭青衫,在深秋的月下,愈见萧萧清冷了。

青是这样纯粹而孤寂,是悬崖背后无法流走的一泓清泉,独自映着天空和残月。

黑

黑，是将色彩向内收敛又收敛，隐掉了所有可反射色光的招摇物质，最后只呈现骨，颜色的骨——黑。

所以，黑色最苦，也最有深意。

我的书架上，摆着一把莲蓬。莲子已去，黑色的老莲房空空如也。闲常看这一把黑莲蓬，觉得住过莲子的这些黑色空房子，有一种慈悲禅意。它像荒山野庙，威仪还在，只是僧人已去。它像爱过的心，曾经饱满，曾经青葱，现在老了皱了空了，什么都不说，一切尽在不言中，像黑色一样没有表情。

有时我会想，有一天，我也是这莲房，那时候，我会忍住千言万语，只告诉自己：不疼，不想，不怕，不念，不怨……

我的初心，在交付的那一刻，已经永恒，此后，我将永陷于黑色的深邃之中，直面缺憾，不再表达。

电影《芙蓉镇》，刘晓庆和姜文主演的，里面有许多场戏都发生在夜里，发生在黑暗中。初看那电影画面，是深深浅浅的黑色。刘晓庆饰演的胡玉音在深夜推磨磨米；在夜色里挟着包裹去投奔亲戚避风头；又在夜色里回家，到坟地去寻找死去丈夫的坟……后来，和姜文演的右派分子秦书田一起在黑暗中扫大街，直到两人结为"黑鬼夫妻"。那么多场戏，都是在夜色里，黑暗萦绕左右，像苦涩深重不言，只布上这一片黑的冷调子，让观众自己品味、叹息、感动、期盼……这是电影《芙蓉镇》最美最刻骨的深意。

冬天是白色的，冬天也是黑色的。白雪的映衬之下，似乎所有的色彩都走到了白的对立面，成为浓重肃严的黑。远看，白雪下的房顶是黑色，江南民居的那种陶质小瓦层层叠叠，黑得莹润清秀，像描过还未干的墨。树干背风的那面没有覆雪，也是苍老如铁一般。池塘被雪吞得小了一大圈，像砚池，也是冷黑。远处雪地上的人影是黑的，脚印是黑的，停在电线上的麻雀是黑色的省略号。

大雪之下，世界非黑即白，非白即黑。没有那么多的犹疑不决、含混不清、模棱两可。黑就黑得纯粹、彻底，就干干净净地黑，就一心一意地黑。

在黑的世界里，水墨画的黑与书法的黑相比，好比《白蛇传》里小青的功力之于白素贞的功力，就差那么几百年的修行，所以情深不及。

水墨画是以黑来表现纷繁广袤的大千世界，这黑是灵动的，有时还会与朱红石青之类搭讪，黑得不够坚决，不够纯粹。书法的黑，简直有化石一般的宝贵。白纸上的笔走龙蛇，似乎只能是黑色；一换颜色，就乾坤错乱。

水墨画的黑是有情的黑，那么书法呢？书法似从人情里突兀出来了，如同哪吒剜肉剔骨还给父母，书法把情还给了人世，自己只是虚空遁化了，凝结为一根根或断或连的黑色线条，好像涅槃，可是，这何尝不是一种更深的深情。

弘一法师当年在杭州出家，妻子携着幼子遍寻杭州大大小小的寺庙，终于在虎跑寺找到，可是法师却连庙门也没让这对伤心的母子进去。薄情至此，谁能理解！后来，我读到弘一法师临终绝笔的"悲欣交集"四字，掩卷沉思，终于感怀不已。人世犹苦，他欣庆自己终于解脱，可是放眼红尘，还有那么多众生困于苦恼灾厄之中，令他悲心犹起。这依旧是深情啊！即使一袭僧衣在身，即使远离红尘喧嚣，像莲藕深埋在黑色的淤泥深处，依旧初心洁白，丝丝相连。

电影《一轮明月》里，西湖上，薄雾轻扬，两只小船湖中相对。

雪子：叔同。

弘一：请叫我弘一。

雪子：弘一法师，请告诉我什么是爱。

弘一：爱，就是慈悲。

慈悲又是什么呢？一个人的情感收了又收，滤掉了世俗爱欲，滤掉了痴念，滤掉了漠然与嗔恨，最后只剩下一分最本真无私的情意。这情意就是慈悲，是不是？如天对地，如雨露对花朵。

"慈悲"两个字，要用墨色的笔写，白纸黑字，才庄严深邃。

染

染色的过程，像爱情。是浓情厚意的姻缘，染料的颜色和织物的纹理拥抱，彼此进入对方生命，一辈子不弃。是电影《刘三姐》中的那首歌："连就连，我俩结交定百年，哪个九十七岁死，奈何桥上等三年。"

若生汉唐，或者明清，一定要做那一个善于印染的玲珑女子。织好布，裁好衣，缝了穿上身，临水自顾，有薄薄遗憾，少了颜色。看看日头还没下山，提篮去田野上采集草木，回来取汁染衣。还要邀上同村的姐妹，一路踏歌迤逦而行，风吹裙袂，满袖花香草香。

茜草，栀子，蓝草，紫草。染红，染黄，染蓝，染紫。采满一筐，回家经过村口的小桥，停了停，顺带着捋两把皂斗，回去给父亲染腰带，给哥哥染鞋面。哥哥进山，托他带一筐石头，要朱砂、赭石、石青、石黄……煮汁，大盆小盆。这边是红：桃红、水红、莲红、银红。那边是青：天青、蟹青、蛋壳青、葡萄青。东边是蓝：天蓝、翠蓝。西边是白：草白、月白。长长短短的衣按进去一起煮。染上襦，给自己染桃红，给嫂子染莲红。染长裙，给妈妈染天青，给自己染草白。

这是风情。

到乌镇去，老远看见晾在半空里的蓝印花布，染坊里的布，蓝底白花。空气里似乎有水的湿气和蓝草的清香，恍惚以为回到了明朝。木质的老柜台里，有几个中年女子在卖衣饰鞋包，或包着蓝花布的头巾，或系着蓝花布的围裙，或身着蓝花布的斜襟小袄。在时光停留未醒的古镇，染，隆重地成为生活的一部分。

一朋友，给北京的新房子装潢，跑回安徽，抱走整匹的蓝花布，用它做窗帘，做电视机后面的背景墙……我坐在她家客厅聊天，是夏天，却只觉四下漫溢染衣坊的清凉气息。都是怀旧的人，不过是想从一方方蜡染的蓝花布里，让心贴近从前的那些草木时光。抬眼看窗外，阳光透过窗帘，也成了斑驳的薄蓝色。阳光也被染了，染得软了腰身。

染洋红的日子，乡村那么喜庆。想起从前，乡村人家，几乎家家置有洋红颜料，街上铺子里也抬眼可见。做喜事，鸡蛋煮熟，不剥壳，壳上染洋红。大人吃喜酒回来，口袋里一定揣有那样的红鸡蛋。堂姐出嫁，第二年生了宝宝，大妈买了大段老土布，撕成方块，过水，石头上使力捶。晒干，土布软了，白了，下盆染洋红。喜三那天，大伯一担挑到姐姐家，小孩子的花衣服、红抱被、老母鸡、红鸡蛋，还有那一大叠染了洋红的老土布，叠得方方整齐，给宝宝做尿布。春天孵一窝小鸡，奶奶怕它们跟邻家的小鸡混掉，不好认，给小鸡的尾巴和头也染上洋红。门前撒把米，唤一声，一片红，啄食，万头攒动。

国画里有种技法，叫染。勾、皴、点、擦、染。没有染，就少了太多韵味。所谓烟柳，没有染，那柳如烟如何表现？寒山瘦老，林木郁郁苍苍，没有染，那色彩的深浅如何处理？没有染，就没有纸上江南那湿淋淋的村郭和水云天。似空未空，若隐若现，是染，赋予了古老中国画以禅味和诗意。一管羊毫，吃足了淡墨，宣纸上一坐一躺，山长水阔——这是染。

染，丰富了生活，点亮了日子。朴拙灰暗的，在染里，生动明丽了；平直冷硬的，在染里，含蓄空蒙了。染像爱情，让生活和艺术走到一起，终老。

霜　气

霜一落，天地白，日子就枯老了。

我所在的江边小镇，这个北纬三十一度的江北平原，四季分明，光照充足，雨量充沛。尤其是无霜期长——无霜期长，农作物生长的时间就长，为农人和庄稼所喜。无霜的世界，生机蓬勃，日日更新，饶富活力。这是一段属于物质世界的生长时间。

漫长的无霜期之后，便是庄严凛然的霜期。

大多数植物，止步于霜门之外。在霜期，它们或萎谢芳华，或停止生长。比如，昨天还一身志气高高挂在枝头的紫扁豆，一夜寒霜降临，叶子就彻底凋了，果实也溃败软烂，成为农人也不要的废物。

可是，总还有一些植物要穿越繁霜，挺过酷寒，到春天去开花。霜，是它们到达春天要经过的第一道森严关口，是它们锻造经脉风骨的砧与锤。

霜降之后，物质退场，精神世界开始向着另一种纬度，拔节攀登。

少年时，爱看繁霜覆盖下的白菜、油菜和冬小麦。当第一场寒霜覆盖下来，上学经过的那片油菜就立住了，一个深冬，一直就抱着那么几片叶子。那几片叶子在霜里不断以匍匐的姿势，将叶片摊向泥土。油菜叶子的颜色，也在寒霜里不断浓缩沉淀，变成暗沉的深绿、墨绿，似乎掺着低眉思索的精神重量。还有那叶梗，伸手掐它，不太容易折断——霜让它们变得更结实。

可是，春天一到，油菜们就抬起身子呼呼地往上冲，新生的绿叶子汪汪地饱含汁水，和底下那些经霜的叶子相比，颜色迥异如两个国度，质地也不如老叶紧实。春天上学放学，经过日日蹿升的油菜田，透过那些新嫩的鲜叶，我常心疼那些还保持着匍匐姿势的霜叶。

我想，我最初读到的霜气，大约就是那些在春日里沉默在低处的庄稼的老叶。

在霜里，保持低姿态的植物，还有江滩上的芒草。经霜的芒草，叶子由黄变红，是一种很结实的红，有陶器的质感。

少年时，冬天早上乘车到县城上学，车行江堤上，远远俯瞰堤脚沙滩上成片成片的芒草，在白霜与水汽里，仿佛残存的古陶遗址。

不是所有的生长都时值和风丽日、斜风细雨。总有一些植物，是带着霜气度春秋年华的。那些霜气，渗透生长的经脉，慢慢成为它们身体里那一段低沉的音乐，那一块深沉的颜色，那一截紧实坚硬的骨骼。

霜气，让一棵植物向内生长，追求内部的丰饶，内部的重量。

在乡间，有许多事情，必要等到下霜之后才能开始。霜，让许多事情有了神圣的仪式感。

菜园里的雪里蕻长得茂盛青碧，可是母亲不砍。母亲耐心等，翘首等，等下霜。母亲说，下霜之后的雪里蕻腌了才好吃。似乎，秋天的好风日里生长的雪里蕻，虽然体貌俊朗，但是内在气质不够，总要等一场霜下来，紧紧菜的骨肉，收收它的尘俗气，一棵植物的冬之韵味才被激出来了。

世间好物，除了拥有春之希望，夏之蓬勃，秋之丰硕，一定还要有属于冬的那一种静默，那一种凛然，那一种寂然自守。

霜里的柿子，挂在枝叶尽凋的苍黑枝干上，耀眼得胜似万千盏灯笼。那样的柿子，入口冰凉，有深长的甜。秋天从沙土里挖出的红薯，味道并不佳，我们江边人不急着吃，把红薯放进地窖里，等微微的低温让红薯把身体里的淀粉慢慢转化成糖分。在霜重风冷的冬日，取出经过静思禅修的红薯，味如雪梨。

冬天，放学回家吃午饭，母亲端出一盆炒白菜。寻常白菜，噗噗冒着白气，入口有谷物一般的甜糯——这是经过霜的白菜，味道丰富得像图书馆。

水墨春雨天

一过立春,这江南江北,便阴进了多情多愁多雨天。

九后初醒的大地,是一张古旧宣纸,从老先生的橱顶上抽出来,柔柔铺展开。绵绵春雨缤纷下着,不知朝暮。

天幕浅灰低垂,隔江的江南丘陵在视野之末,云气雾气的,仿佛一团重重叠叠的淡墨在宣纸上初初洇开。远山、远树、远的街市与村落,都汪在一片朦胧隐约的水汽里。

是啊,春雨的腰身这样细,脚尖子撂得这样轻。只听见那霏霏簌簌的雨声,絮语一般,又如何能一眼捉住雨的形迹?

一带长江在雨里。昏黄的江水,被千万条雨丝罩着,色泽层层浅下去,近于国画里意蕴深长的留白了。一条淡赭石色染出来的渔船,泊在深赭石色的江岸边,刚放学的孩子扛着一把杏黄色的布伞，轻捷地踏上一条长长的木跳板。跳板在雨里轻轻颤动，送孩子回到渔船上。船舱里一个女人，在舱口对着天光补网，她一定是那个孩子的阿妈了。阿爸在哪里呢？春雨不紧不慢，依旧如织渔网一般细针密线地飘着，江水苍茫。将目光送远些，在白水长天之间，会看见浓重的一点墨影，上面隐约摇着一点朱红的旗子，想必就是他了。阿爸在江上捕鱼，阿妈在船上补网，孩子在岸上上学……天黑，他们就团聚在这条长年泊在岸边的船做的家里。辛劳抑或轻盈，灰暗抑或清新，一切都在春雨天里。

迷蒙的江天之间，七八点淡黑鸟影浮在雨气里，或疏或密地排列，翩翩过江来。柳树林里或许有他们的巢，天已灰沉沉地进入暮晚。柳树正抽青，抽得起了烟，在微雨里婆娑恍惚。江滩上芦芽已出土，在雨里身姿挺拔，当头一截石青色的梢子，有剑气。但春雨这管细密羊毫当空里下来，斜斜地抹了又抹，芦芽们就朦胧在漫溢的水汽里了，成了毛茸茸的细乱线条。

江堤之内，是喜乐悲愁茂盛生长的人间。

高高低低的房子错杂在潮湿的空气里，色淡的是新式的平顶水泥制楼房，色浓的是旧式的青砖黑瓦的老屋。屋前围着院墙低矮的前庭，屋后立着高大挺拔的桑榆。那些树野着性子生长，枝干粗黑横斜，无章无法；而叶子们还只是薄薄一层浅的柳黄,还没来得及泼染头顶那小半块天空。院子里杏花在开,散发出一树蓬勃湿冷的清芬,蜜蜂未扰。雨在下,花在开,新蕾叠着旧红,湿漉漉分不出层次。花都开糊了。星星点点的胭脂红在雨水里化开,成了一大团的粉色,修饰着粉墙斑驳的人家,烘托着这色调疏淡水墨氤氲的江北春雨天。

写雨的诗词里,我只偏爱两首。一首是小晏的《临江仙》。"落花人独立,微雨燕双飞。"想着那情景:庭院中落红纷纷,窗里人伶仃空寂;湿了翅膀的燕子双双飞到屋檐下,叽叽喳喳交流着雨的温凉,不解人的落寞……再怎样热闹的桃花天,也要在这样的寂寞中凉下来了吧,凉成一帧黑白的老照片:落花,微雨,双燕,独人。浅灰的天空下,一地碎碎白白的落花,几条疏朗线条里,淡墨晕开一个低眉的人,头顶上是一双墨色的喜喳喳的燕子。落花天,在一双燕翼下,越发叫人惆怅了。

南宋词人蒋捷的《虞美人·听雨》,也是少年时喜读的一首词。

  少年听雨歌楼上,红烛昏罗帐。壮年听雨客舟中,江阔云低,断雁叫西风。

  而今听雨僧庐下,鬓已星星也。悲欢离合总无情,一任阶前,点滴到天明。

年少时,读这首词,单偏爱"少年听雨歌楼上,红烛昏罗帐"这一句,觉得那雨应是一场旖旎的春雨了,少年多才又多情,放荡不羁,人在歌楼,帘外雨潺潺,眼前红烛昏沉,罗帐内佳人慵懒迷离。人生年少,是这样的轻狂与得意!直到多年以后,直到自己也经历悲苦与辛酸之后,才终于掂量出后面那几句的沉重。"壮年听雨客舟中",这雨是饱经离乱黄叶纷飞的秋雨了;"而今听雨僧庐下",这雨是心志烟灭颓然枯寂的冬雨吧。人生,在这听雨里,就这样由色彩繁丽,走向了凛然萧瑟的黑白。到最后,走成了一幅水墨世界:一切都瘦了,淡了,空了,只剩下寒山远寺,云水茫茫。

窸窣雨声里,我翻着旧书里读过的旧词,心上淋淋漓漓,觉得自己也融化成了一滴潮凉的液体。我是什么呢?是羊毫尖子上一滴将落未落的墨,还是春晓落花上一滴盈盈晃动的雨?

人在黄梅天

人在镜子前，闻到绿豆汤的香。

也不全是绿豆，还掺了些百合，细碎的苦，隐约在齿舌之间，走走停停样子。中医里，百合是治咳的一味妙药，也可久久地食用。身有一小疾，时聚时散地纠缠了多年，也不甚碍事，但也记得时时煮那白月牙样的一瓣瓣小百合。

只绕了个简单的莲蓬髻，放下梳子，不修眉，不上妆。

端起白碗，嗫着小口，吹开一片浪，汤匙来来去去地捞着，权当是仲夏采莲的船。一碗绿豆百合粥见底，天就热起来。玫瑰红的旗袍已经有点缠人，像热情的初恋男女，腻得叫人的心底生出几分厌来，只是尚能受得住，那分恼人还未到唇边。

才九点钟，窗外的香樟树上早挤满了单调的蝉鸣，铺路石子样的粗糙，祥林嫂似的一遍又一遍，没个了时，惹人厌烦。上午的天气和人较上了劲，却又不动声色，窗子开着关着都是闷。也知道不关窗子的事，这是黄梅天了。墙脚潮潮的，擦不干，而阳光，明明在晒着窗台。这天气，像分头而睡的一对老夫妻，各自絮叨着，多年的不呼应。拨弄窗子的人也潮潮的，只觉得有千万只手臂勒抱着，挣脱不去，力气都用在了喘气上。想到浴缸里泡个凉水澡，打开衣橱，满眼的姹紫嫣红，可是两根手指捏不出一件来，新的嫌新，旧的嫌旧。

一块牛奶糖，在桌角，也软了，白白的一摊。这样的时候，是拒绝和朋友见面的。黄梅天，燥热像无处不在的泥，刷得人面目模糊。涂了粉底和胭脂，一张小脸梨花白桃花红地艳着，怕一路上出了汗，像个风流总被雨打风吹去的末路英雄。然后踌躇在门外，不敢推开门，抬头去迎接围了一桌子的面孔。所以，唯愿我的淡漠、我的孤僻，像画着残荷夕照的屏风，曲曲折折地立在阴暗的深宅里，遮住后面一张俊俏含着烟愁的面孔，一根袅袅的辫梢，一双绣花的鞋子。

午后的时光是慵懒的。当有一炉香，一壶茶。竹摇椅的枕上，发有三五分的乱，乱发的底下是泛黄的纸，泛黄的纸上是平平仄仄的句子。眼闭着，梦做着，人是醒的。凉了的茶喝了一半，水没续上。

料定会有一场雨，果然。莲蓬髻歪在右耳边，不及梳。俯在窗台边，由着风从指间过。想着，天上也一定住着一对夫妻，打雷的是老公，下雨的是老婆。男人嘛，火气大；女人嘛，泪水多。雷声和雨声纠缠到黄昏，做丈夫的渐渐没了声音，只剩下连绵的雨在窗外，像掩了房门，俯在梳妆台上的嘤嘤啜泣，间以点点滴滴的数落。

午后三寸雨，浮生一日凉。难得。倚着窗儿，是拂面的晚风，像美人的裙裾在半空里翻飞，看得见的清凉。转身，谋划晚餐。在切得薄薄的白藕上撒糖时，忽然觉得，这一天的庸碌和琐碎后，还是甜的。

蝉声歇，蛙声起。终究是凉了，好入眠的。

后半夜的月，从西边的墙头上，斜斜地升起来。像妙龄的寡妇那张清白瘦削的脸，从房舍到树林，到草地，到小河，一路寂寂地走着，目不斜视的样子，是圣洁又孤独的静。

前半夜雨，后半夜月。一日的浮躁、烦闷、纠缠、辛苦和琐碎，都化作了这一刻的澄明恬静。而我，在这样的夜，成了被内在的清明和外在的安静养着的女人。像青灰色的砖墙后面那个旧陶罐里，盈盈的一捧清水养着的盈盈的一弯皓月。

仓皇风雪天

长衣架上的秋装还未来得及一一上身，一场大雪轰地倒下来，张皇不迭，慌忙翻箱底，旧年的羽绒服急急上了身。那羽绒服还一身的皱啊，箱底压的，从领子到下摆，褶痕断断连连，像乱世地图，于是，一路走一路拽。所谓寒不择衣，跟贫不择妻一样透着仓皇落魄的滋味。

对于雪，情绪初初酝酿还未到想念中，陡然来了，讶异与惶恐是多过欢喜的。早晨起来，立窗前探脖子张望，风雪裹挟的冷气像一个阴险狡诈的探子，从窗缝里挤进一绺冰冷锐利的目光来，叫人立时从眉头寒到脖根底下。尘世的未知与不安，如同一句早年遭受的咒语，那样幽暗地从心底忽地一现。

一夜风雪，竟似胡人的千军万马翻过阴山来，摧红折绿，那样嚣张地用一片茫茫的白色占据了江南江北的平野丘壑。房子后面有一棵大香樟,早晨起来,忙忙跑去看,除了几根扶着墙头侧身躲过一劫的枝干,其他的都当头断掉了。树下长短粗细的枝干横竖堆了一地,挡了路,还无人来清理,乱纷纷的。叶子上堆着雪,雪上面杂着叶子,一地残败。旁边一棵广玉兰暂时幸免,但是,那枝叶上堆着的一坨坨重雪,早压得那树干沉沉地弯下腰身来,叶子几乎要伏了地,仿佛几世的苦难都在这一辈拢到一起背了。

上半夜,灯下看书,清冷与寂静里,听得见窗外的雪还在下,簌簌声一片,简直像成百成千的巫婆,坐在黑色的幕布后面絮絮念着咒语,无始无终。间或有咔嚓声,从密密的簌簌声里突兀出来——又有一些树枝在大雪里不堪重负,折下腰身,断了。忍不住心疼这些树,在大地上穿越一个冬季,多么不容易。明年,早春风日里的绿芽,晚春满树盛开的花,哦,都不提了吧,轰轰烈烈的事业就此收了梢。

午后的窗前,飞来几只一身乌黑的鸟,叫不出名字,但听得懂那叽叽喳喳的叫声里透出的遑急——这么大的雪,连树都压得断了,还能有哪一块空旷裸露的土地可以觅食?它们一定是饿得急了!于是站在这缀满雪的枝上,半收了翅膀,对着还在漫天而降的大雪,相互交换着内心的慌乱与悲凉。我想起一位作家写"雪地捕鸟"的文字,说是捕鸟须等大雪下了两三天才好，鸟儿们饿得慌了，才会急急落进撒了诱饵的罩子里……啊，这样的大雪天，原来，对于一只只卑微的禽鸟而言，果腹已经艰难，竟还要面临暗藏了那么多危险与杀机的命运！

想起早年语文老师在课堂上念过的一句，"那雪下得正紧"，《水浒传》里的句子，她念得字正腔圆，把个"紧"字咬得仿佛拗着一股劲，听了只觉得那雪后面一定藏着无限的艰险与悬念。后来，自己翻《水浒传》看，却看见纷纷扬扬卷着的大雪里，一个汉子手提花枪，挑了酒壶，从茫茫雪地那头走来……然后，又是在这个苍茫的雪夜里，怒杀不义人，顶风踏雪，夜奔水泊梁山而去。一路的饥寒，一路的心上仓皇啊，都是一个人来受着，英雄的命运似乎从来都是坎坷与寂寞的。想从前是东京八十万禁军教头，人生志得意满，却不料，后面遭尽陷害与算计，从此江湖流落。那一场悲怆藏着豪气的大雪，原来是这样精心地铺垫衬托着一个悲情英雄被逼出走，从此陷身于血雨腥风的苍寒凛冽的人生。

我们惯于无关痛痒地赏雪抒情，却很少体察，那些在风雪中或挺立或行走的身影背后的坚忍、艰辛与苍凉。想想，在窗外，在更远处，在荒僻的水泽，芦花初谢，雪压倒一万亩的芦荡，一片无垠的白接上远山的白，千门万户深闭，辽阔大地上，却有一串迤逦远去的脚印忽深忽浅。这，是另一种风景，是另外的一种人生。

我这江北的雪

雪,天和地共做的梦。

醒了的人,走在天地的梦里。那一刻,我举着伞,走在去看梅花的路上,像个女道士。

雪在舞,花在开,一把小花伞于无人处收起来。仰面,抬一抬睫毛,拈几朵雪花。江北平原上,此刻,我是一朵盛开的梅。

从哪里忆起呢?前半夜,还是后半夜?

前半夜,我在等。一盏灯下,百无聊赖,读欧阳修的《玉楼春》:"别后不知君远近,触目凄凉多少闷。渐行渐远渐无书,水阔鱼沉何处问。"那时,玻璃窗外,是一片湿漉漉的夜,像幽深的古井,远近的灯火是沉落在井底的点点寒星。天气预报早把雁书传，七岁顽儿在脚边跳，嚷嚷着雪中的那些把戏。我假装不急，将手中的宋词又翻过一页。楼外的夜雨，点点滴滴，像个省略号般意犹未尽地痴情。经年未见的雪，想来还远吧？

后半夜，人已静。簌簌的，翻身，是枕上的梦碎了。还是簌簌的，在窗外，在千万片的香樟叶上，在肥硕的广玉兰叶和掌形的棕榈叶上，在枯草的断茎上，在水泥院墙的裂缝里……落雪了！我醒了。是落雪了！在灯熄人静的夜，雪自我的听觉里来到了江北平原。像舞台上的戏，黑而重的幕布还没启开，水袖也未见抛甩，一截清而雅的唱腔自帘后迢迢地绕到头顶来。想见吧，一睹芳颜？头侧了侧，赌气，不开窗，不见。就由它在窗外抒情到天亮吧，我曾等了那么久！窗外的雪依然柔柔地落，那声音是轻的，轻如宫娥的舞步乱在丝帛的毯子上。心满意足，再翻个身，睡去。各自做梦吧！各不惊扰。

早上起来，开窗，白了。也不全白，院墙那一角，老白菜的大叶子还露了些青绿色的边边，菜畦沟还是国画里晕染的浅赭石色。如果天地真的在做一个迷离的梦，在江北平原，这梦是微醺的。是的，不是一塌糊涂的深度的醉，不是忘了前世今生的长梦大眠。

落雪的江北平原是秀美的，只敷了层淡粉，依然唇红齿白，眉清目秀。

雪在微风里漫天舞着，伴着的轻音乐只萦回在大地的胸间，慢拍子自己踩，自己踏，怕扰了人。雪落在葱绿的香樟叶上，风摇落了些，又添补了些，似谁在摆弄一副祖传的磨盘，只磨得香樟的叶更翠了。雪醉卧在一树梅花淡黄的蕊里，温柔乡里不愿醒，醒了，就是蟒袍玉带的富贵春。

乘兴，上无为大堤，走成这幅江北国画里的风雪问路人。堤畔上的雪只半个指头深，刚刚盖住了草根，剩下枯草细弱的半截身子在风里伶仃晃动。堤顶上的雪，在来往的车轮下早化了，独余下干净的青灰柏油路面。蜿蜒的一道长堤清新得如大唐虢国夫人的细眉，袅袅地往远处去了。堤脚下，沿堤镶着的一大片杨树林，也落光了叶子，剩下浅褐色的枝丫在半空里横竖撇捺，象形字一般。堤顶上俯看那一片整齐的人工种植的杨树林，立在落满白雪的沙滩上，似一首七律，雪是韵脚。远处，覆了雪的田野越发空旷而平坦，大地是卷在书柜里的一叠上好宣纸，这一刻，拿出来，辽阔地摊开了，只待落墨。凝眸处，油菜的绿浅了，朦胧成一片淡白了；遗在地头的棉花秆稀落落的，远看更黝黑了。或疏或密的水村安静地窝在天底下，红房子，白屋顶，高高低低地错落着，国画大师皴擦出了层次。小河也让这雪哄得安静了，盈盈一带白水，映着两岸细瘦树木的淡影。似书页间夹着的一张黑白照片，抽出来了，摆在暗淡的天光下，一丝时光的凉。

至黄昏，回去顺路二度访梅。梅的枝又添了几分横斜，晚风拂面，一阵阵冷香袭人。人在梅边，绕阶徘徊。想幼时观过那么多的寒梅图，没有一幅对得上眼前的这一树冷香。那画里的枝干是黝黑盘曲而嶙峋的，是稀落的几朵红梅花，孤零零地艳着。如果多了，多到一丛一簇，那笔法便显潦草。人在画边，只有领受那生硬的傲骨和逼人的寒气。可是，在江北，在庭院，雪是有那么三分薄的，梅便少了几分凛冽逼人的刚硬和尖锐，而添了几分俏丽。江北的雪中梅，干不甚盘曲，枝繁密也有几分细弱，迎着雪伞似的撑开了一树的香。叫人想起二十世纪七十年代生的一些握笔人，年轮里没有浸染烽火屈辱，在相对安静而贫瘠的环境里成长，文字自有一分平和清逸之气。念此，忍不住又抬眉细看微风里的这一枝丫，看一枚枚淡黄的瓣围起了一朵花碗，雪就浅浅地盛在里面了。由此，相互成就，梅有了雪的白，雪有了梅的香。

江北的雪，在一朵朵蜡梅花的玉盏里浅斟低唱，便越发秀气了。

第三辑 江水微茫

我隐约是向往远方的。我的心儿被那夜夜响在枕畔的轮船汽笛声给撑开了。

远方真是个甜蜜的诱惑。我成了奔赴远方的客。

顾　盼

国画里，画一茎高挺的风荷，往往有一朵出水的小蕾不远不近地与之呼应。这样的呼应，是凝望，是欣赏；是探询，是对话；是懂得，是疼惜；是耳语，是倾听；是呵护，是拥抱……一纸清荷，叶叶之间，叶花之间，在构图上便形成这样一种"顾盼生情"的美学关系。

一位画家朋友在合肥亚明艺术馆有个画展，秋日下午，我去观展。一进展厅，荷的清气与仙气扑面：宣纸上，叶与叶相依顾盼，花与花凝眸顾盼，高处的新叶与低处的枯叶俯仰顾盼，翠鸟与游鱼隔水顾盼……真是叶叶生情，笔笔有情。我看着这些图，顿觉生命可喜。

我们也是这样啊，与父母兄弟，与师长同学，与同事友人，与爱人和过客，构成这样的"顾盼"关系。我们目光交汇，我们十指相扣。我们有欢喜，有牵挂，有深深记得，有午夜梦回蓦然想起。就这样，相互顾盼的我们，生出深切的感动和绵长的情意。生命像一纸的风吹莲动。

人生长路，长的是寂寞，我们上下求索，无非求一个人，在光阴流转里，能跟自己结成完美的顾盼关系。我抬眉凝望时，你刚好折身过来，以目光迎接。我骄傲时，你躬身俯首垂听。不管姿态如何变换，始终，我们在一张尘世宣纸里——在顾盼之间，生命闪耀出万千光辉。

没有顾盼的人生，是没有在人间扎根的人生。在没有顾盼的人生里，每一步，都似悬崖独步。

李清照写《摊破浣溪沙》一词时，彼时人已南渡，又值暮年，亲朋故旧半零落。"病起萧萧两鬓华，卧看残月上窗纱。"老病对黄昏，顾影自怜，身如风雨中一飘萍，曾经那个与她对望的人早已在战争与离乱中永远失散。遥想多年前，她还是闺中思妇，红藕香残时节，她轻解罗裳，独上兰舟。那时，秋水之上，零落的红荷也如兰舟。那时，她可以小忧伤，可以嗟叹"一种相思，两处闲愁"。因为那时，爱人还在这个世上，她可以等待云中锦书来。在隔着漫漫风烟的某个窗口，一定有夫君的目光越过山水而来，抵达她的兰舟。如今，她生命里已经了无顾盼，她是连相思与闲愁也不提了，唯说病枕上的诗书，唯说寄客生涯里的风雨。

台湾女作家琦君在一篇散文《吃大菜》里写："从厨房的玻璃窗里，我和母亲目送父亲和二妈并肩往大门走去，父亲体贴地为她披上狐皮领斗篷，一定是双双跨上马车走了。"这个琦君的二妈，是琦君的父亲娶的二房。她父亲常带漂亮的二房出门上馆子吃西餐，留下琦君母亲在家里吃传统中餐。即便是父亲在家吃饭，父母也不同桌，父亲和二房在客厅吃，母亲和厨子们在厨房吃。父亲把温柔和尊重都给了来自杭州的漂亮洋气的二房，只有母亲，在某个角落，无言远望丈夫和另一个女人的幸福和温暖。母亲隔着玻璃窗目送丈夫，丈夫不会回眸看一眼身为乡下女人的原配，他们之间不会有目光的对接和交汇，不会有情感上的懂得与疼惜。他眼里春光旖旎，她眼里是人生荒原。琦君的母亲常自言自语："我就是拿菜篮挑水的人，都挑一辈子啰！"

人生几十年过去，到琦君中年时，父母也早已过世，琦君忆及母亲，忆及母亲的孤独、辛劳和容忍，依旧心疼不已。书里，那篇文章的末尾，附了一幅插图：黄色的竹篮里盛满了水，水里有莲，一大一小两朵红莲静静开放，如有所语。我想，这两朵红莲，一朵是琦君，一朵是她母亲吧。爱若为篮，是能盛水养莲的。隔了三十多年光阴，她在文字里依然与慈母有着顾盼。

没有顾盼关系的绘画构图，墨色之间总是少了情意。没有顾盼的感情世界里，所有的凝望，只是一次有去无返的漫漫单程。

不　舍

在清寒深冬里想象春之盛景，比站在春日花枝下仰看朵朵盛开，要更令人心安。这是中年人的不舍。

在深冬，笃信春天定然会来到。寒到最绝处，春反而近了。有一个燃烧的春天在等着自己，想想总觉是安稳甜蜜。可是，站在花枝下，看那些花朵拦也拦不住地要开，便知道开了就会败，开一朵就会少一朵——叹息也无用。像面对一个执拗的女儿，眼看她一头冲进一场没有结果的恋情里，粉身碎骨，死不回头，你却束手无策。

也是不舍。

不舍春光度尽。不舍春尽秋来，又是一年。

衣橱里挂了好几件新衣，吊牌还未剪，不到穿时我总不剪。而身上穿的，常常是三四年前买的衣，甚至更早，穿了七八年的也有。我就有这样的怪癖，喜欢买衣，却不舍穿新衣，喜欢一直将新衣囤在衣橱里。都是为了参加某个活动或去某个生人多的场合，想着予人好印象，才不得不剪了吊牌，让新衣上身。穿新衣的那刻，心里有欢喜，更有不舍。

不舍，是恋旧吗？

以前以为自己只是恋旧，后来知道，除却恋旧，还有一层，是明白了有限。

花开是有限的。飞雪是有限的。雨水是有限的。灯光是有限的。恋人的爱意是有限的。亲人的陪伴是有限的。韶华是有限的。生命是有限的。才华是有限的。幸运是有限的。

好物都是可数的。

当仰观天宇，看流星划过，知道距离我们无数光年之处，有星球走失，破碎，化作气体和尘埃，永远消失——星辰是有限的。人们在喜马拉雅山上发现大量海洋生物的化石，有三叶虫、海藻、鱼龙之类——海是会枯的。海是哪一天枯的，我们不知道。我们知道时，海洋已成山脉。

在漫长的地球光阴里，我们的生命短过从蒲扇边稍纵即逝的萤火。知道有限，便不敢浪掷，不敢挥霍，不敢漠然视之。便知道去惜，便常常会疼，便处处不舍。

看路边花开会不舍。走过落叶飘飞的林间会不舍。在古镇看苍苔失水从砖墙上剥落，会不舍。菜市场看人杀鱼剥虾会不舍。曾经年轻潇洒穿着乳白风衣、火箭头皮鞋的舅舅，有一天，两鬓飞霜一身工作服从小货车上下来，我笑着迎向他，可是心底掠过声声叹息。那个意气风发的年轻的舅舅呢？回娘家时，会遇到昔时同村的一群伯母，她们见我还亲热叫我乳名，可是她们却彻底被时光揉皱了呀！想当年，我离家出门读书，村口遇见，她们正是我此刻的年龄。而此刻，她们头发不再青黑浓密，腰身不再挺直，面容不再明净……她们仿佛被岁月劫掠了一场。劫走的，已然要不回来。

许多个黄昏，我流连窗台，看夕阳在马路对面的楼墙上一点点收走光影，看楼下一棵老桐树在暮色里一点点加深它的阴郁——属于我们的今夕，很快要成为昨日。

去某个地方旅游，临走，常会因不舍而黯然。人在高铁上，看窗外的河流街道田野城郭一点点从眼底抽走，心里陡然有种被掏空的疼痛与恍惚，仿佛一棵树刚刚旁逸生出几根新嫩的丫枝，就被突然剪去。中国这么大，好景那样多，而我刚刚打探了一趟的这个小地方，想必自己没有特殊情况是不会再来的。一期一会，大抵如此。

许多美，许多物，许多人、事，很可能是一天一会，一年一会，一生一会，甚至是一千一万一亿年一会呀！

晓　色

喜欢早晨。

晨起时，一个人走在楼下，晓风轻拂，裙袂之间似乎都生起了仙气。有时树边小立，透过静寂树荫，看天，看那种纯净的月白色慢慢被橘红的朝阳晕染。接着自身也受此感染顿觉踌躇满志，相信时光里有可期待的热烈与绚丽。

一天，就这样开始了。

我喜欢开始，喜欢出发。所以，喜欢清晨，喜欢做一个在晨光里赶路的人。

清晨的露珠，仿佛从圣母玛利亚的怀里挣脱，调皮地悬坠于叶尖，又不堕凡尘。合欢、香樟、玉兰，还有梅树与桂树，所有的树木散发着母性，捧着满怀的露珠，在晨气里默然。

还记得童年时，被父母亲催着早起，背着书包去上学。在乡村的逶迤小路上，头发上会落满露珠，脚丫子也被露水濡湿。邻家的篱笆上，朝颜花的藤蔓深情缠绕，上面探出一朵朵半开的紫红花，我伸手一掐，露水泼泼洒洒。指尖上，衣袖上，都是露水的清凉。

早晨总是新的。

即使是秋天，晨光晓色也都是新的。你瞧，昨天的草色老绿，今晨的草已经泛黄，明晨，大约已是霜红。

楼下一株紫薇，花期漫长，初夏就开，做喜事一般，灯烛高悬地开到深秋。每天清晨路过，我伸出指尖碰碰，又是一朵朵新花在露水里端然开放。开旧的那些花儿，什么时候凋谢，我全然不知。我以为这株紫薇，从初夏到深秋，一直都是芳华灼灼，是永远的十八岁，因为在不断地开花，以至让人忽视了它的凋谢。

我想，作为一棵花树，能对抗凋谢命运的，就是不断开花吧。

回头看自己，写着写着，一路悠悠荡荡，竟然也写了有十年之多。

漫长吗？

十年，足以让几竿修竹蔓延成一片葱郁竹林，足以让一段熔岩喷发的爱情冷却成无人问津的月夜山岭。十年，蒲公英的种子在风里,已经传播了十代。十年,江河在大气循环里轮转了无数回,从流水,到云朵,到雪花……又成为江河。

十年,我在街角遇到过多少陌生人?在深夜,将谁忘记了又想起,后来又渐渐忘记?

十年,时间的洪流,要淘尽多少人情物事?

可是,我一直在这里,在书页之间,安营扎寨。最深情,还是在书写里。在书写里,我像一个沐着晨风独行的人。许多话都不说了,一说就俗,唯愿能一直这样在文字里独行下去。

这样的独行,似乎也是一种对抗。对抗时间,对抗庸常。

就像楼下的那株紫薇在晓色里对抗凋零一样。文字,也予我一片晓色天地,宁静,空阔,身居其中,我可以浮想千万。

我不要做日暮灯火,即使璀璨,即使奢华。

我要做晓色里远行的人,路漫漫最好,因为,可以不断地出发。

二月懒

江北二月了，人从窗子里探出头来，抬眼遥看江南的那些山，熬了一个冬，山在双眸里衣带渐宽，纷纷瘦了一圈。

院子里有两株蜡梅、一株红梅，因为少了去年冬天一场盛大的飞雪，开得甚是寡欢。

午后，单位大院里看不见人影，也听不见人声，我百无聊赖，去看它们。它们零零碎碎地开在院墙边，仿佛一个旧时女子，倚着窗台，给一件半旧的衫子钉那些松落的纽扣，找一粒，钉一粒，意兴阑珊。

蜡梅的瓣在二月的风里，旧了一点，有潦倒状，仿佛独居的妇人，不见画眉人，懒得自己修饰。红梅也没有画里的重彩，似深红的颜料里兑了水，浓度不如从前。

枝上开的，渐开渐寥落，眼看撑不了场子；地下落的，香气一日淡一日，美人迟暮。

人在花前，看见时光的步子在这些花朵上走得分外迟缓，仿佛打着瞌睡。有半个二月，大抵是这样，我什么都不愿去做，不愿去想，只愿守在几株梅树边，它懒懒地开，我懒懒地看，直看到时间的口袋翻出苍灰的底子，空空如也。

江北的二月，总像个初孕的妇人，恹恹的，有心思的样子，有一点低迷。虽然立了春，可薄凉之气还没有退尽，像一碗中药咬牙喝尽，还残存一点药渣在碗底。

天色也不明朗，烟雨迷蒙的时候居多，人、树、桥、屋……一切都像是墨点落在隔年的旧宣纸上。这样的天气，人总有几分病态，喜欢窝在床上，喜欢对着幽暗的灯，怀里抱本书，一种旧电影里鸦片榻前的迷醉。

二月无心写字，只依在灯下看张岱的《湖心亭看雪》，一遍又一遍地读："天与云、与山、与水，上下一白。湖上影子，惟长堤一痕，湖心亭一点，与余舟一芥，舟中人两三粒而已。"这样简洁的白描文字，是懒人写的吧。好的文字要有点懒的精神，撇开层层堆砌的形容词，只玩玩名词和数词，只拿素面对人，偶尔动词来出些风头。就像人在二月，避开掉那些熙熙攘攘的喧哗，只懒在一室之内，只过着清闲冲淡的白描一样的分分秒秒。不虚饰，不强欢，简洁到没有形容词来前缀后缀。

江北的二月，迎春花没有开，玉兰花也没有开，水边的垂柳隔了岸去看，也还难见青衫新着的绿意，日子寡淡得像一块素色的手帕，只适合把一张脸埋进去，千里万里地思念。

思念是慵懒的。

这个季节，我整个的人就溺陷在一首深情低回的歌曲里，是陈奕迅的《好久不见》："你会不会忽然地出现／在街角的咖啡店／我会带着笑脸，回首寒暄／和你坐着聊聊天／我多么想和你见一面／看看你最近改变／不再去说从前，只是说一句／好久不见。"我喜欢沉浸在这样的情怀里，多少欢喜与眷念都不说了，只渴望有一次寒暄聊天的机会，只和一个人说句"好久不见"。这是素色的思念。像我在这个季节，对于姹紫嫣红的春色的惦记。

是的，薄寒的二月风里，我情怀缱绻，像思念情人一样思念红深绿浅的明媚春光。我痴想着，某日早起，站在窗台边梳妆，忽然看见院子里的桃花开了一朵两朵。人面桃花相映中，我轻叹一声："好久不见！"

春可惜

少年时读《红楼梦》,"元迎探惜"四位贾府小姐的名字,我最喜欢的是"探春"。想来,多半是这"探"里带着些冒险的味道。少年时,踮脚遥望人生万里,不论是阳光还是风雨,总想去一探究竟,真是满心装着期盼与无畏。

不知道日子怎么过着过着,眨眼就到了王夫人、薛姨妈的年纪,回想大观园里那一帮女孩子,如今论年龄,想必她们都要乱纷纷叫我大婶。是的,叫我大婶还算客气,若是心肠一硬,叫我奶奶,我也只得受着了——我的初中女同学,就有已经做奶奶的了。

某个春夜,听窗外虫声渐起,想着房前屋后的梅花开了,桃花开了,玉兰花开了,心里忽地惆怅不已。

真是舍不得啊！舍不得那些花儿一朵朵地开。

于是，忽想起少年时读《红楼梦》，心里很不喜的"惜春"名字。那时总觉"惜春"二字凄凄惨惨的，上面罩着江南烟雨朦胧落花天。

其实，春可探，春更可惜啊。

"惜春"这名字，原是藏着了中年人沉甸甸的万千不舍。

白居易写《大林寺桃花》，劈面是一句"人间四月芳菲尽"。童年时，每读此诗，我的目光总是从这首句上一滑溜，就溜到了"长恨春归无觅处，不知转入此中来"。一个孩童，喜欢这最后一句，其实喜欢的是这种峰回路转的情节，是捉迷藏一样的春的脚步。因为那时总觉得，春日长长啊。

大约也只有人到中年，才会懂得"人间四月芳菲尽"七个字里含着的冷落清醒。这是时光的手段，如凌空落斧一般，一夜花尽，人间四月，又是一种天地山河。

四月里，我路过小区的花树下，桃李的繁花皆已凋尽，新叶初长的枝头有种禅房般的清寂。可是，这时，樱花开了。邻居们抬头赏花时，称那是晚樱，说中科大里好多呢。

我从前小镇的房子边，也有这样的一棵樱花，每年春天四月开花，一树缤纷的粉红，像盛大春色的后卫，有些壮烈的意思。我那时只称它樱花，从不叫它晚樱。晚樱这名字，似乎透着些中年况味。还有秋海棠、迟桂花、夜合，这些植物的名字，读起来，也一样令人暗暗有些心疼。

大清早，踏着樱花的碎瓣，去赶地铁挤公交上班，几乎来不及忧伤。晚上回家，已是雨纷纷，点点的樱花白，浮在雨水里，难免仓皇。我看着，真有些不忍，又忽地想起从前教儿子背《春晓》的情景。"春眠不觉晓，处处闻啼鸟。夜来风雨声，花落知多少。"儿子懵懂背诗的情景宛若眼前，可是，如今他都已读大四了。

他应知，《春晓》其实是一首惜春的诗。花落知多少？谁人数过呢？谁能数得清呢？我在手机里写日记，樱花雨中泣落的那日，我写："花在风里，只住了几天。"

李清照写："试问卷帘人，却道海棠依旧。"我读到"海棠依旧"，几乎要潸然。海棠依旧，那真是一个琉璃般美丽易碎的谎言。昨夜雨疏风骤，海棠怎么可能还依旧？想来，那个侍女该是多么懂得女主人的惜春之心！只是，即便不起床，不掀帘，不推窗，心里也早已知道，窗外的世界定然是绿肥红瘦了。因为，夜来风雨声，花落知多少啊。

苏轼在《寒食帖》里写："年年欲惜春，春去不容惜。"可不如此吗？就这样惜着不舍着，又要送走一个春天了。

而我想做的许多事，还没开始呢。

月明之夜

月明之夜，最有一种远意。做什么事，都觉得自己是在好远的地方做的，弃绝了八千丈红尘。

月明之夜，君子来访。

不喝那馥郁红茶，不话那缠绵旧事，只双双神仙似的登楼。

登上高寒的楼顶，两个人，席地而坐，就着来不及破灭的泡泡，喝凉到筋骨的啤酒，吹旷古的清风，俯瞰街衢蛟龙出水，车流逶迤向远处游逝，霓虹闪烁像含笑的眼……

仿佛已跟他在这个城市度过了一生一世。

只是短短的一晚啊。短短的时间在这样放大的空间里，仿佛被陡然拉长，拉长……

月明之夜，三五人一帮，相约去水边。那时我们多年轻啊，是年纪正当好的女子。

在空阔的湖边，提起长裙，绾起长发，赤脚走在浅浅的水边。温柔清凉的水啊，好像露水濡湿的丝绸，缠绕脚趾和脚踝。

水面平静，无惊无澜。月光细柔覆下，仿佛化成了人间的银色的湖。在这样的湖边，愿弃了那些浓情，那些华衣，甚至那些冰凉的幽怨。

就做一尾银色的鱼，也好。一直游一直游，会否在月色里游进天上的银河，在那里升华自己的卑微和孤独？

就做一枚蚌，也好。一直等一直等，在湖底的淤泥里等，等最后一滴泪水和伤痛，凝结成晶莹的珍珠。轻盈了，通透了，无怨也无憾了。

我们这样年轻，长发覆肩，今夜在月色里，在水边，自在游弋，让时间走得缓慢悠长。

把静谧的湖水想成是苍穹，把天上的那一轮白月想成是长裙上遗落的纽扣。我们是什么呀，是还没下凡的仙子，是还没染烟火的处子……

在这样的月夜，泛舟湖上也是一件自然的事。好像花开，必然会迎来蝴蝶的到访。

以脚踩踏划水，湖就碎了。像古玉出土咔嚓碎了。像白莲花开到老碎了。像梦碎了。像等人的心碎了。

在碎碎的水声里，一路划到湖心。看月色茫茫，看湖水茫茫，心也茫茫了。觉得自己凝缩成了宣纸上的一个墨点，寂然的墨点，漂在一片空茫里，再不能还魂回去了……

月明之夜，开车路经江堤，路过一片夏夜的草地。

摁下车窗，江风荡脸而过。江风里掺了草香。草香仿佛是一袭薄薄的裙子，那穿裙子的少女已经从身边走远，只有那些隐约的粉香、汗香和体香，在空气里缭绕不散，让人悠然沉醉。

那是江堤上的苜蓿草，白日里刚被割过，送到奶牛场喂牛。剩下这些草根、草叶和草屑，剩下这些断断续续的相思，在月色里，相互安慰和传递。

月明之夜，开车去看旷野上的雪。

车子一路向前。道路越来越瘦，越来越像眉毛弯弯。雪在路旁，雪在前方，越来越完整，越来越寂静。

月色下行车，就是驰行在一个琉璃水晶的世界里。好像已经不在这个星球上，好像已经飘进了宇宙最后的一处留白里。

古老的雪啊！在月色下，泛着近乎幽蓝的光芒。这光芒，照彻身体和心灵，把我照成一片冰凉雪亮的薄片，寂静，渺小，又有一点不轻易被摧折的凌厉。

是的，是凌厉。我悍然走向旷野深处，以自己微暖的体温对抗这辽阔的寒冷。

在雪地上，一个人，越走越远。长发，黑衣，在银色的月下，在银白的雪上，雍容清雅。让自己在月明之夜，走成一滴千年老墨，在清凉里漫漶。

真希望，在这透明的白里，把自己走丢。这样我就纯粹了，这样我的世界就只有雪和冷、黑和白了。

似乎是为了今夜月下看雪，才特意养了这么多年长发，才养出了这样长的黑发。雪越白，我就越黑，我要在对比中被照亮。

不能再走了，再走就走到黎明的门口了。

回去，路过人家的院前，梅花的香气在冷气里重重地弥散。与那疏阔的旷野相比，与那浩瀚古老的雪相比，梅花飘香这样的小情小调，又怎能令我驻足？

月明之夜，我活得好远，好远。

江水微茫

用广口小底的玻璃杯喝水,如对江水涣涣。宽广的水,汹涌在唇边。

用这样的杯子盛水,放至微凉,里面加蜂蜜,再调上两汤匙的玫瑰花酱,水与蜜与花酱交融,其味微甜微涩,至微茫。

喝自制的蜂蜜玫瑰水时,喜欢把邓丽君的《在水一方》和民乐《春江花月夜》同时点开来听,邓丽君的声音像腌渍玫瑰,《春江花月夜》是兑水化开的浩浩荡荡的蜂蜜水。这两种音乐放在一起混听,起先,浮起来的是邓丽君的清甜与芬芳;后来,在间奏处,邓丽君的声音薄雾似的散去,接着浮上来的是《春江花月夜》里无边的江水与月色;最后,邓丽君的

"有位佳人，在水——一方——"且咏且叹走向尾声，余音颤颤不尽。

三十多年前，我还在一个江边小镇，正是一个懵懂孩童，没听过邓丽君，也没听过《春江花月夜》。在乡下桃花杏花花开灼灼的春夜，我睡在外婆的简陋木床上，身后是姨娘温软犹带甜香的怀抱。姨娘一句一句教我唱《回娘家》，那是黑白电视机里唱出来的春晚歌曲。我一句一句地跟着学唱，耳边却听到江上轮船的"嘟——嘟——"鸣笛声，心上仿佛也有一片迷蒙江水在月色里荡荡铺开。我知道，那是轮船靠岸了，停靠在江对岸那座古老的小镇——荻港镇。

父亲每年冬天从安庆回来，会坐这样的轮船沿江而下，然后在荻港下船，再改乘小渡船过江回到我们的江北小镇。父亲到家时，常常已入夜。每年春天，父亲又会乘坐这样的轮船，沿着水路而上，去往安庆。那时，年幼如我，并不谙离别的轻愁，只期待那微茫的水路有一天也会铺到我的脚尖。

我隐约是向往远方的。我的心儿被那夜夜响在枕畔的轮船汽笛声给撑开了，一座村庄已填不满稚嫩的内心。

春光和煦的白日，姨娘牵着我的手，带我去江边看大轮船。那远远漂在水上的轮船，像一座座层层叠叠的水上宫殿，全不似我家屋后长宁河上柳叶似的小木船。

我想，那样的船里，一定坐着许多个父亲。许多个父亲坐在宫殿似的移动的房子里,去往远方。许多个父亲在远方,过着远远不同于固守小镇的人们那日日庸常的生活吧?

许多年后,我追随梦想,也去往远方。我乘坐高铁,一次又一次,从晨气迷蒙的江边小镇出发,就像当年父亲一样。

远方真是个甜蜜的诱惑。我成了奔赴远方的客。

可是,走着走着,我像是走不动了。我像是开始眷恋河岸,而不是追随远方的流水了。

人到中年,垂眉自顾,是扑扑风尘在肩。如今再听邓丽君的《在水一方》,竟不觉那是一首情歌,而是一首追梦者吟唱在路上的歌谣。梦想是在水一方若即若离的佳人,是甜而微涩的玫瑰酱。高铁载着我抵达一座喧嚣的城市,我融入其中,恍惚以为自己筑梦完成。可是,人间的路哪有终点?很快,我就发现,自己又得启程,开始新的求索。

马致远在《天净沙·秋思》里写:"夕阳西下,断肠人在天涯。"今夕人在天涯,在远山之下,明日呢,明日又在远山的远山之外。行路的人,只要一口气还在,翌日天明,又得上路,哪怕马儿更瘦,哪怕西风吹拂更短更薄的白发。

而每次回到小镇,站在幼时看轮船的江堤上,看大江两岸柳绿草青,看江水里河豚逐浪嬉戏,看夕阳在江面铺上万顷颤抖的余霞……每当此时,内心总会情不自禁生出不知何去何从的茫然。

是选择做一只搁浅的小船,从此停靠在故园的小河边,"野渡无人舟自横"地荒凉而又自在地过完余生,还是做一条昂扬远去的轮船,驮着梦想,驮着忧伤,一个渡口又一个渡口地追寻下去,不问终点?

也许,人生本就是一道无解的难题。

所以,尘世间有那么多的游子,他们一边怀恋着故园里那"春江花月夜"一般辽阔悠扬宁静的世俗日常生活,一边又神往着"在水一方"的佳人。他们过着《春江花月夜》和《在水一方》混搭的生活。他们在追梦的路上暗自沉吟、怅然、太息。因为逆流而上,道路远长;顺流而下,所求依旧在水中央。

在为客的异乡,我为自己调制一杯微凉的玫瑰蜂蜜水。举杯慢品,只觉一只广口小底的透明杯子,盛的是烟波澹澹的乡愁,是微甜微涩微茫的乡愁啊。

远行宜春

春晓远行，露珠卧睡在家门前后的草木上，还未醒。

脚步踩在夜露濡湿的泥路上，晨气微凉。身旁相送的人，一个是母亲，一个是妻子。身后还有一条养了三年的黄狗，脚步轻快地跟着，未解离别事。经过村头的土地庙，躬身两拜，不在家的时日里，愿家人平安，土地丰收。躬身再拜，辞别。

远行总是惆怅事。但只有在春天，这惆怅才可以被远方一路花开的气息稀释。

远行宜春。到处都是花开，都是草青，觉得世界不空旷，觉得满世界都是风景。路上看人家墙角的迎春，枝叶婆娑，黄花灿烂，像太阳的光芒。春天好暖，心里这样想。从小镇坐汽车到县城，看到人家庭前院后的桃杏，红花初绽，红雾蒙蒙，心里无端生出盼望，希望自己离家后，宅前的桃杏花开慷慨。开给母亲看，也开给妻子看。

去往大城市。路上睡在火车里，硬铺或硬座，在咔嚓咔嚓的铁轨声里蒙眬入睡。夜来做一个梦，梦见村口一个姑娘，与自己依依而别，醒来看火车窗外，满山坡的梅花盛开。梅花像姑娘的笑脸，那是妻子未嫁时的模样。

春天到哪里，哪里都是花开。哪里的花开都像故乡。哪一朵花，都那么熟悉，像一个女人的笑颜。

看花朵在地上蔓延，蓝的、紫的、黄的；看花朵登上高枝，红的、粉的、白的。花开繁盛，春色辉煌，无端让人增添信心，觉得生活也应该这样，这样蓬勃，这样大气，渐渐忘记离家时露水的凉。

春天正好。到哪里停下，都可以郑重地开始。去草原，草原返青，牧羊正好，鞭声响亮。去平原，土膏已润，可以翻土春耕，铁犁雪亮。去城市，把乡村春天的气息带进城市，把乡村草木勃发的活力输给太过寂寞的城市。像供水一样，供进纵横交错的街衢和高低错落的楼丛。如同灌溉庄稼，城市也返青。

春天，是从旧的年轮里挣脱后复生的第一个季节，一个新的季节。远行，是从旧的生活秩序里破茧出走的一次行动。

春天和远行一样，都是一种开始。

好男儿志在四方。好男儿长念远方。年轻时，若没有去过远方，太可惜。这生命肯定要比别人的窄上一大截。春天如果没有远行，怎么见识大地辽阔！怎么领略江山如画花开锦绣！

李白出蜀，二十四五岁。向三峡，下渝州，江行几千里。江山开阔心胸，也开阔诗境。"五花马，千金裘，呼儿将出换美酒，与尔同销万古愁。"就这样，放荡不羁地，酒香墨也香地，站在唐诗里。不敢想象，李白若不曾出蜀，不曾远行，他的酒杯会放在哪里，唐诗里又会刮着怎样的风。

远行宜趁少年。趁脚步还能丈量得出旅程的远，趁心灵还能承受得起离别的疼，背包出发。去远方，经过，或停留。

春天，江水初涨，渐与岸平，风正帆悬，正好可以到达远方。

不提繁弦

慢慢心懒。慢慢，就不喜了那些急管繁弦的浓烈与热闹。

多年前陪孩子看电视剧《西游记》，看到孙悟空重回三星洞，寻找师父菩提祖师的情景。一别再回来，眼前已是人去楼空，蛛网破败飘荡在风中。孙悟空一句又一句"师父"地呼喊着，只是不复见人面。那一刻，我泪湿，因为成年人会明了：聚之后，是长久的离散。

孙悟空寻师父不见的悲伤，想来孩子那时也未必能懂。这样的悲伤，戏里也没有急管繁弦地去用力表现，只有悠扬的箫管之音，衬着悟空含泪的双眼。这样的表现手法，有余音绕梁之效。这也是中年人的手法。避免锣鼓喧天，避免直面相对，往往能以一胜百。

从前，似乎是喜欢急管繁弦的浓烈，喜欢有浓度的生活。一瓢子舀下去，捞上来的是密密匝匝的欢歌笑语。

还记得读小学时，数学老师为了激励我们挑战有难度的课外数学题，许诺大家做完了题便给我们讲一段《西游记》。他讲，孙悟空当初拜师要学长生之术，师父愠怒，用戒尺在他头上敲了三下。聪明如悟空，当下便明白须三更半夜再去拜师。果然师父在等他，自此传他七十二变的本领。

我们那时，攻数学题也如学七十二般变化，又兼后面会听到嘭嘭嘭打妖怪的故事，别提多欢了。那时，也多想做孙悟空，铙呀钹呀琵琶呀，日子响亮。看我降妖除魔，看我七十二变，看我打打杀杀一个跟头十万八千里，看我生命不息战斗不止。这大约也是一种繁弦急管的人生。而数学老师似乎也没讲过有一天孙悟空闯了祸，推倒人参树，再转身千里寻师而不见的情节。现在想，即使老师说了，我那时也未必上心。

心恋着高处的繁弦，哪里听得见低处的悠扬。

有一年夏日，在朋友家听她女儿弹古筝曲《林冲夜奔》，像有一万匹马在夜色里奔突。我知道，那些稠密的音符，是一个末路英雄，是一个中年人，心里长出了一万匹马，长出了四万只脚，在狂奔，狂奔……恍惚间，耳边眼前，仿佛簌簌飞着雪。

这样的曲子,听了令人胆寒。我实在害怕人间的脚步走成大弦小弦嘈嘈切切续续弹的局面。同样是古筝曲,我更愿意听《美女思乡》,一弦一柱,轻拢慢捻,说说停停,说那芳草有涯而故乡情无涯。

年轻时,也许有这样的豪迈和胆气:"店家,上一盘大肉,来一壶烈酒,另外,再来一曲《林冲夜奔》!"

如今,害怕热闹欢聚的场面,害怕浓酽不化的情意,害怕姹紫嫣红、花开到盛,害怕急管繁弦的奢华与隆重……

也害怕自己哭。

愿意把泪水细细地磨,磨成迷离的水汽,让它弥散,弥散成咸湿的空气,弥散成一个人的雨季。诗人舒婷在《神女峰》里写:"与其在悬崖上展览千年,不如在爱人肩头痛哭一晚。"

其实,大街上那么多沉默的中年人,宁愿站成一块孤独的石头,也不要松开自己去一哭。

不能决堤。我们在日夜给自己加固堤防。我们看管自己,像看管一个黑暗的贼。

多少年后,你才发现自己不是孙悟空。你穿越那么多江湖,一日日明白十八般兵器的沉重。

那菩提祖师到底身在哪里呢?想必在万人丛中,含泪隐忍,徘徊顾眺。他隐身在断墙破瓦之后,借一段荒芜,躲掉了人间这一场场炽热短暂的睹面重逢。

　　是不忍见啊,我的悟空!

择一座小镇慢慢地老

老了,像刀剑入鞘一样,回到小镇。

年轻时,我们常常活得凌厉,披坚执锐,席卷人世,也许弄疼了世界,也弄伤了自己。老了,就择一座小镇,钝下来,静下来,慢慢地老。

老了,姿态是收的,像暮色轻笼之下的睡莲,一瓣一瓣地收回盛开的花瓣。拢起来,锁起来,还剩最后的这一脉余香,就留给自己了。

要选长江以南的一座小镇,买一座半旧的宅子,推窗可见远的近的山,云霭缭绕其间。要好好喂一喂我的视觉,在一座寂静的小镇。头一桩是看看蓝色的天,看看蓝天之下放牧的白云,是旧时的蓝天旧时的云朵。就躺在自己的院子里看，躺在老藤椅上看。江南的云走得慢，刚好和上这渐渐慢下来的话语，慢下来的步态，慢下来的生活节奏。

春夜雨潺潺，翌日的山前山后，雨水欢唱。多少年没这样真切地听听水声了呀！水从自家门前过，蛙鸣虫鸣就在屋檐下窗台下，这样的日子有唐诗的禅意，明朗而轻灵的禅意。小院门半掩，雨后执伞出门去，访幽幽深山，访莽莽林木，访溪畔的新草，访汀洲上的野禽……今后，与它们为友。

在那样僻静的小镇，去商店，去邮局，去菜市场，都是步行。在街头边的老茶馆里喝茶，粗瓷壶泡出来的粗茶，琥珀色的液体诚心实意地倒映着自己微霜的鬓。人不嫌茶，茶也不嫌人。一边呷茶，一边看邻桌的老者走着车马炮。就这样，一上午过去，一下午过去，时间无涯一般接纳着正老着的自己。

养上一两只懒猫，或者养上一条不取名字的土狗，让它们陪着自己在院子里读书，在春日花荫下打盹。在院子里养几盆花几盆草，在溪涧边的荒地上种点菜蔬种点梨桃。

风起的时候，闭户围炉，听听戏，听听诗朗诵，时光就这样千回百转地深情起来，心头湿润潮起，独自感动不言。

春日迟迟，跟着新识的邻人上山采茶去，采回来，学着制，制成茶叶供自己。跟着这些朴实的邻居一道迎送季节轮回，春天去河边钓鱼，夏天去采莲采菱，秋天去看秋波潋潋木叶下，冬天去看下雪。

如果能选择这样的一座小镇去迎接自己的衰老，那么衰老也真是一件欢喜可待的事情。那时，我大约也是不穿旗袍，不穿高跟鞋了，它们都太冷眼挑人。穿平底的棉布鞋，穿宽大飘逸的棉麻衣裙，悄然走在小镇的石板路上。沾着湿漉漉的露水，去看邻家竹篱下的菊花盛开。或者踏着薄霜，去古井边折梅回来，养在细颈的白瓷瓶子里，一室的幽香。那时，想必会更爱这些经过风霜的花木。

那时，也一定不化妆了吧，素颜对镜，无惧皱纹在脸上寸寸潮起。有一座苍老古旧的小镇做底子，再怎么老，都像水墨画里的一朵浅色杏花，透着清凉的芬芳。

择一座这样的小镇，再这样缓慢而淡然地老去，这个世界像是我的，又像不是我的。这个世界离我远了，与我没有什么关联了，因为我有小镇。

当我老时，亲爱的，你若来看我，必要渡一片浩茫空蒙的江水，因为我在深深的江南，在江南深深的小镇，这样缓慢而饶有深意地老着。

剩下的时光是自己的

多年前,我的博客昵称是"紫薇花对紫微郎"。那时,我喜欢白居易的一首诗《紫薇花》:"丝纶阁下文书静,钟鼓楼中刻漏长。独坐黄昏谁是伴?紫薇花对紫微郎。"我喜欢这首诗,是因为诗里描述的时光是舒缓而清寂的,即使有那么一点落寞,这落寞刚好可以养一养从繁杂俗务里释放出来的心。

这应是一段黄昏下班之前的时光,悠然闲静,像水墨画里的萧萧竹林,可透清风。想想白居易,一个人在丝纶阁里值班,当的是写文章的差使,此刻,没有文章可写了,也没有公家的人来来往往,只有钟漏里的水滴声悠悠长长地传来,清音远扬,黄昏也似乎被这水滴声拉得悠悠长长。

此刻,忙完公差,剩下来的这段时光是自己的,不被占用，不被打扰。独坐黄昏里，看庭中一棵紫薇花在风中洋洋洒洒地盛开。一个人，一树花，同在这寂然的光阴里，默然相对，像时光的一处留白。

许多时候，我们的时光不是我们自己的。它像一片土地，羊群来了，狼群来了，猎人也来了，上面布满入侵者纷乱的脚印。

我喜欢下班之前的那段时光，太阳斜斜的，光焰钝下来，性急的人已经提前离去，办公室里只有自己一个人。茶水已经喝淡，茶叶静卧杯底，这时你会觉得桌上的花是只开给自己看的，静寂的空气也是只属于自己一人的。走廊里没有人声，隔壁也没有人来走动，独守一个房间像掌管一个国度。如果窗外下雨，此刻听到的只有雨声，是一个人的雨声。如果窗外下雪，此刻也是一个人站在窗边，看满世界笼在纷纷扬扬的雪花里。这样的时光，没有入侵者，像一条奔腾的大河走到了宽广的下游，泥沙慢慢沉淀，河水开始澄澈透明，不起波澜。

我们一路匆匆，少年时忙求学，青年时忙恋爱结婚，中年时忙着应付一家老小的衣食和追求名利光环……时光就这样被我们贪婪地填了又填，塞了又塞。我们像笨拙的画者，一落笔，就心急，总是画得太满、太密。其实，我们需要有一段只属于自己的时光，在喧嚣之后留给自己一座沉静的岛屿，在盛放之后留给自己一朵悄然绽放在月色里的花儿，在跋涉大半生之后留给自己一片闲云、闲山、闲水。

一个画家朋友，在公家当差，可是，忽一日，听说他断然自揭头顶乌纱，提前撤退，仿佛清风里的杨柳，洒然回家。再也不用朝九晚五地奔忙了，再也不用去看各色人等的面孔了，回家做自己，做一个书案前纯粹的画者。现在，他可以开着车，带上爱人，带上养了多年的两只猫，带上一卷宣纸，随时出发，随意停留。趁自己还能跑得动，看看流水，晒晒太阳，喝喝新茶，春日迟迟起……剩下的时光，归属自己。

以前，我的新书出来，多多少少总会在报纸杂志上发布出书信息，王婆卖瓜，吆喝几声。现在，心意淡了。因为，觉得一本书出来了，我对过去的那段时光也已交代完毕，剩下的时光就是我自己的了，它是被冷遇或热捧，都已与我无关。我像一个种植庄稼的老人，到了秋天，只遥看大地秋色，看着孩子们去收割，我在田野之外。不只是一本书，有时就是一篇小文章，写完后，我也总想自己一个人待一会儿，像在水底沉静的卵石，不想被马上捞出。

想起少年时上学路过的深秋田野。那时，稻子收过，田野一派空旷，三三两两的麻雀放低翅膀，在杂草间寻觅遗落在地的稻谷。它们，再也不用像小偷，终于可以从容悠然地啄食谷粒了。剩下的稻子是它们的，剩下的田野是它们的，剩下的天空是它们的。没有人来吆喝着驱赶，连稻草人也放倒在田沟里歇息去了。

还记得，最美的是下雪之后的田野，广袤，平坦，洁白，连麻雀们也不来了。那时，我看着江北平原上无边无际的雪，看着安然在白雪之下的田野，总不忍心去冒犯打扰。那时的田野就是只属于它自己的，无边的寂静，无上的庄严。

在一天的黄昏，在一年的初冬，在一生的垂暮之前，要有一段时光，可以屏退所有的来客，关起门来，取悦一回自己。只取悦自己。在清浅的落寞中，把自己放牧成独一无二的女王，不思朝政。

第四辑 月亮堂堂

星辰如贝壳现在沙滩上,银河浩荡,伴同西边那皎皎一轮,十万光明就这样洒下人间处处,却又这样无声无息,无有惊扰。

夏　晚

夏天的傍晚，风舔过大泡桐那么高的江堤，就到了外婆的竹床上。

竹床上放着几样小咸菜，是咸豆角、腌雪里蕻、酱瓜。搪瓷的大脸盆里盛着白粥。小舅只比我大两岁，我们围着竹床追打着玩。外婆在端碗筷，三舅帮着端板凳椅子，大舅长兄如父，家长一般已经坐在竹床边。二舅还没来，所以外婆的步子缓缓的。

屋子西边，有水声泼泼洒洒，二舅在洗澡，他在杏树底下洗澡。外婆家三面都被庄稼地和池塘包围，只东面一条羊肠小路通向邻家和大路，所以天渐黑时，在屋子西边洗澡还是很安全的，没有外人会经过那里。而我们，听着水声，自然不去那里。

"啪——"我们听到一盆水被响亮地泼掉,猜到二舅的澡洗好了。二舅那时是学徒,每天跟着师傅干活,到晚回家一身臭汗,所以他都是饭前洗澡。

二舅穿着短裤走到竹床边,身上散发着好闻的香皂味道。他光着膀子,胸腹长有一畦护胸毛,黑黝黝的。

泡桐树上的蝉已经歇了嗓子,萤火虫从沙地上飞过来,在我们身后的篱笆上高高低低地绕行,然后又飞远了。一会儿又有几只萤火虫飞来,相似的飞行轨迹,也不知道是否有回头客混在其间。

二舅刚订婚不久的未婚妻也来了,蓝色短袖衬衫下面是半身裙,微胖。她亲昵地坐到二舅身边,似乎心里盛开了许多花儿,满脸笑容。我们看出她是无限喜欢二舅的。外婆问她有没有吃过,她答说吃过。外婆让她再添一点,她果真就拿起二舅吃过的碗盛粥来吃。我看她吃粥,感受到她深深的欢喜,深过夜色。

吃过,她抢着帮外婆收碗。二舅去屋子里摸了件背心,边走边套。然后,未过门的二舅母甜蜜地傍着二舅,穿过东边"之"字形的羊肠小路,散步去了。我猜到,他们肯定要去江边,江堤上风大好乘凉。

外婆用抹布仔细抹竹床,竹床干净后,我和弟弟就爬上去了,或坐或躺。弟弟坐不住,很快就被小舅给吸走了,他那时崇拜小舅,整日做小舅的尾巴。三舅不知什么时候也遁去。大舅也和大舅母回了自己的新家。

就剩下了我和外婆。我躺在竹床上,外婆坐在我脚边,摇着大扇子,说着旧事。那时,她同现在躺在竹床上的我一般大。日本鬼子经过她的村子,抓鸡杀来吃,叫她来添柴烧火……她中年丧夫,日子艰难,但她从来没跟我哀叹过。

我躺在竹床上,听着遥远的旧事,仰面看天顶的星星,挤着挨着亮着,也是一幅大家庭的图景。夏虫在木槿篱笆的脚下千头万绪地叫起来,虫声让我觉得耳朵凉酥酥的。

三舅回来了,进了屋子。一同来的,还有三四个黑影子。屋子里灯亮了。我爬起来,跟着外婆进了屋。桌子上一个大西瓜,胖得像土匪。外婆赶紧问哪来的,屋子里一阵窃笑后,不知道是谁答说是偷来的。外婆就要责打三舅,三舅一让,辩解道:"不是我。"

有人已经到厨房摸到菜刀,在桌上切瓜,咔嚓一声,红色的汁水顺着裂口淌出来,淌到桌子上,在桌子上蜿蜒,滴答滴答地滴到地上。我们围着西瓜,围着切瓜的人,寂静无声,如同远古祭祀礼仪。

门被推开,吓我们一大跳,是小舅和弟弟。有人摆手示意不要大声。他们也很快看到了桌子上的瓜,面露惊喜。

那一晚,每人一两片西瓜,我和弟弟因为小,比他们吃得又要多些。

瓜是外婆家屋西边的一片西瓜地里的,地头有瓜棚,日夜有人看守,不知道他们是怎么偷来的。

我吃过西瓜,待人散了,继续回竹床上躺着。我的肚子甜蜜蜜、水汪汪的,可我的心里隐约有害怕。好像西瓜在我肚子里不断巡逻,我下意识将双手盖在肚皮上。

后来,舅舅们渐渐各自成家,我也大了,外婆也走了。那夜的瓜,后来再也没有吃过。那晚的江风那么柔那么凉啊!

虫声清凉

从前教书时,给学生讲苏轼的《记承天寺夜游》,总觉得苏轼写漏了什么。

跟学生一起朗读"月色入户,欣然起行。……庭下如积水空明,水中藻、荇交横,盖竹柏影也",读着读着,我似乎听到了月色里有虫声。在乡野,在秋夜,除了月色,除了竹树的影子,一定还有虫声。是的,依据我的童年经验,依据我的乡居生活经历,一定是有如珠如雨如茂密秋草似的虫声。

记得童年时,常伴着奶奶去姑妈家,不远,十分钟不到的路程,晚上去,晚上回。从姑妈家出来时,往往夜色已深,有时有月色,有时没有。在有月光的晚上,我们缓缓步行,我在前,奶奶在后,也像苏轼和张怀民那样走在乡下的月色里。身前身后，竹影树影、房屋的影子、篱笆的影子，一路淡墨似的泼洒。而虫声，清脆明亮，带着露水的气息，带着草木的气息，带着河流的气息，带着砖瓦泥土的气息，一路把我们密密包围，好像我的裙子上也落满了虫声，奶奶的银发上也挂满了虫声。我们好像步入了虫子们的世界，虫声淹没了我们的脚步声，我们像在夜色里浮游，自己都觉得自己是陌生的异族。我们仿佛看见，虫子们在夜露里梳洗身子，啜饮清凉，擦拭翅膀。它们的叫声汇成队伍，有时阵势壮观，有时轻兵简从。

我们走在虫声里，走在人世的夜路上，内心安妥。有虫声的地方，就是清凉太平的人间。

大多数的虫子们胆小些，只有蛐蛐，到了秋冬，仍然和我们共处一室。在初秋之夜，满屋似乎都是虫声。在梳妆桌下，在床下，在柜子底下，那些蛐蛐们唧唧唧唧，此起彼伏，像层起的鳞浪。厨房的陶罐、水桶、水缸下，杂物间的锄头、扁担、箩筐间，堂屋的饭桌、椅子、条几下，那些陶质、铁质、木质的生活器具和农具上，都像生起了一层茸茸的细毛，那凉软的细毛都是唧唧虫声的余音。

我在外婆家的江洲上听过许多回虫声。有时是夏夜，我们在院子里纳凉，蛐蛐们就在院子的篱笆下，叫声密密匝匝，热烈蓬勃，好像篱笆下的虫子们在张灯结彩吹拉弹唱。后来读诗，读到徐志摩的那句"夏虫也为我沉默，沉默是今晚的康桥"，不禁纳闷，夏虫怎么会沉默？外婆篱笆下的夏虫，永远盛世欢腾。

"虫声新透绿窗纱"，原来虫声也是可以入诗的。从前，一直以为寻常虫声，如我们乡下孩子一样粗鄙，是跟风雅沾不上边的。原来，我们的童年和少年，是一直活在诗里的。当城里孩子在欣赏贝多芬、莫扎特之时，我们乡下孩子在月色水汽之间，在泥土草木之上，听天籁之音。虫声透过窗纱，透过外婆门前的木槿篱笆，透过奶奶珍藏的斑驳陶罐，经过我们稚嫩敏感的耳朵，最后入驻到诗文里，千年百年。

秋冬时节的虫声，最得含蓄婉约风致。虫子们在外婆小小的房间里，"唧——唧——"有一句没一句地叫着，有的叫得像小孩子的梦呓，忽然来那么一句，然后没了下文；有的叫得像外婆在说尘封旧事，说说停停，似乎是欲言又止，似乎又是半已忘记。

有时在半夜，窗外月色朦胧，忽听得清寒迟缓的虫声之后，是江上轮船传来的"呜——"的鸣笛声。莽撞，浑浊，嘶哑，仿佛一片黑暗凶悍的波浪席卷过来，将我们一整个江洲淹没。我们都被按进了这无边的鸣笛声里，然后浪花退去，村庄的面孔重新露出来透气——舅舅们的呼噜粗壮得像秋天的庄稼，外婆翻身时粗陋木板床响起破碎的吱呀声，蛐蛐在贴了"朱明瑛"的房门之后平平仄仄轻唱起来。我数着一粒粒虫声,像数着一粒粒纽扣。虫声把清贫的乡下之夜扣得体体面面完完整整。我睡在虫声里,不盼望长大,不盼望繁华,就觉得彼时人间安然,彼夜时光清甜。

年　羞

　　那么多年，过年，整个人笼在内内外外一片羞红里。

　　真不明白，为什么一过年我就觉得害羞，那时候，小女孩时候。

　　父亲站在庭前张开架势放炮竹，母亲一盘盘菜往桌子上端，我呢，我只觉得有深深的羞意要揣起来，要藏好。

　　到底羞什么呀？

　　觉得我们不曾这样珍重过日子呀！忽然热闹起来，忽然奢侈起来，就有一种忽然被人抬举高看的不安和羞赧。

　　到处一片红晕晕的，红春联，门楣下也贴好多条红纸条，长长的，人从门里出来，头发上披披撒撒一摊红，不论男女，都像才掀帘下轿的新娘子。树上也贴红纸条，生产队废弃的老屋也贴红对联。连河边喝水的老水牛,牛角上也被父亲贴了两片红,胭脂一般。

整个村庄,红得像洞房,人人都是新人。

天天放炮竹,到处放炮竹,大人小孩都在放,好像有做不完的喜事。大年初一早上,父亲起床后在外面放开门炮,我捂着耳朵在床上,恍惚觉得自己参与了说谎,心上一片羞惭,好想对世界说:"对不起呀,我们家没做喜事呀,就是大家都放所以也放。"

那些放炮的小孩,他们怎么就能唰地高兴起来呢?怎么那么快就抬升了情绪呢?我怎么就这样慢?我的情绪还停留在庸常日子的平静和素色里,无惊无澜。

就一家人,也没来尊贵的客,可是偏要在桌子上摆了那么多菜。杀了公鸡红烧,还要宰掉那只中老年的肥胖母鸡。平时过节可不这样。平时,即使来了妈妈娘家最尊贵的客人,她也不会这样慷慨到又杀猪又杀鸡,鸡还杀了好几只。

还把家里弄得那样干净。腊月初就掸灰尘,擦陈垢,我们小孩子把地扫了又扫,扫得人不嫌烦地都嫌烦。没人来查卫生,又不在大广播上播报卫生得分,可大人小孩子都自觉慎重对待洒扫擦洗,好像在等一个神圣人物降临吾家。到了三十晚上,什么人都没来,才发觉是整洁给自己看——我太不好意思了,这样隆重以礼待己。

还要穿新衣裳。我穿新衣裳给谁看呢？我穿得再好看，还是在家里，也没出村子，村子所有的人都知道我是"阿晴"。不来人，也穿新衣，自觉明显是打扮过头，心上又起了一层湿漉漉的羞意。

邻里之间，还塞糖，还请吃饭。大人不打骂我们小孩子，还给压岁钱。压岁是什么也不懂，我只当是零花钱，可以去河对岸的小店里挥霍。挥霍了，堂堂回家，大人还不问。

就这样，忽然所有的人都尊贵起来，我也尊贵起来。我为这突降的尊贵而感到不适和害羞。

最让我害羞的是，我又长一岁了！

从我懂事起，我就没欢迎过陡然长出来的一岁。过端午，还是十岁，过中秋，也还是十岁，期中考试的时候也没听说要长岁数，怎么到了除夕，我就成了十一岁？除夕这一天，是怎样一个充满魔法的日子呢？

最主要啊，是所有人都知道我长了一岁。我说话尖酸的大妈知道，笑呵呵看我上学希望我长大后做她孙媳妇的那个老婆婆知道，张家的姐姐李家的哥哥也知道。全村子人都知道我长一岁了，我瞒不过去啊。

长一岁意味什么我已经知道。他们说我会长成大姑娘，大姑娘啊！

会胸脯鼓起来，衣服也掩藏不住，还要肿着胸脯出门干活，路过人家门前。堂姐说，还会被嫁掉！啊，被嫁掉！就像贩小孩的人贩子背一个大口袋蹿上了冒黑烟的拖拉机彻底跑掉，我会被我的父母咣的一声嫁掉，收不回来。那一天，会放很多爆竹，会来很多人，是怕我跑掉吗？我也会被装进大口袋里吗？嘘——听说，嫁掉后，还会生小孩哎；啊啊，如何是好……

啊，长大真是一件最令人害羞的事。所以，当我听着满村子的炮竹声响起时，我真想逃跑，跑到堆柴火的无人旷野。我不过年，我不长大，我不要被咣的一声嫁掉。我要做我，现在的我，永远的我……

显然是无处可逃，只有老实过年，接受被长大的命运，慢慢老皮老脸，不再害羞。

写春联

中国人过年，制作各种吃食，走亲会友，舞龙灯看大戏……极尽人间的热闹。但最风雅的一段，应是写春联吧。

幼时，我家的春联基本是一个读过私塾的长辈来写，他是父亲的姑夫，我喊他姑爷爷。请姑爷爷写春联的人很多，需要排队预约。到了约定的那天，父亲早已把红纸裁好，齐齐放在桌边，墨汁毛笔全都静静备在桌子一侧。姑爷爷背着手悠然踱进我家，径直来到桌边，提笔就写。父亲像个书童似的，陪侍在侧。姑爷爷写好一张，父亲双手捧着，捧到长凳上晾干。

我和弟弟那时每目睹姑爷爷和父亲相伴写春联的情景，就觉得此种场面庄严神圣，又心上欢喜到慌乱，因为明白，春联一写，年迈步即到。姑爷爷上午写完春联，中午会慢慢地喝酒，母亲早烧好一桌丰盛菜肴。姑爷爷一边喝酒，一边跟父亲谈论些王侯将相的逸闻旧事，什么朱元璋儿时放牛后来做了皇帝，什么马氏娘娘有一双大脚，什么包黑子秉公执法连王公贵戚的头也敢杀……听得幼小的我心里莫名也有了豪气和胆气。

姑爷爷剩下的那些残纸残墨，父亲不扔。父亲用这些剩下的纸墨来写灶台、杂物间、猪圈、鸡圈的春联，"上天奏好事，下界保平安""六畜兴旺"……是的，父亲也能写。但是面对春联，父亲总是谦卑，他觉得自己的字不好，那些人丁出入的大门、后门、卧室门、厨房门，只有贴姑爷爷写的春联才算得正统。

后来我上中学，父亲忽然不再请姑爷爷来写春联了，他打起了我和弟弟的主意。腊月一到，父亲买回红纸放桌上，似乎有点语带讽刺地说："我们家有两个'文墨先生'，今年的春联，你们哪个写呀？"

我心里清楚，自己绝对算不上文墨先生，跟一肚子书墨的姑爷爷绝对不能比。可是听父亲这样一说，心里很不服气，心想，写就写，怕什么！于是，父亲成了我的书童，他殷勤地帮我裁好红纸，教我每个字落在什么位置，嘱我字与字间距一致。

155

那时的乡下春联，内容大多陈旧，像"天增岁月人增寿，春满乾坤福满门"这样的内容，总是年年写，于是，我就想写些内容不一样的，写些读来新鲜的。那时我上政治课，学到了什么小康生活、共同富裕之类的内容，于是那一年我给我家大门春联的横批拟的是"小康在望"。"小康"二字来自政治课本，"在望"二字来自《红楼梦》里宝玉的"杏帘在望"。如今三十年过去，想来也有趣，当年我的"小康在望"早已变成"建成小康"。

那时，我们家还有一扇杂物间的门，之前许多年此门的春联都被父亲潦草对待。但那扇门面西，朝着河水。最美是黄昏时，推开门就可以看到河边夕阳、榆树、垂柳、潋滟河水和隔水的村庄行人，好似一幅《清明上河图》。特别是冬天，落光叶子的榆、柳枝条纤细如墨线，疏疏透着夕照与水光，极有古诗的意境。有一年，我突发奇想，用了两句古诗作为这扇门的春联内容。后来每每上学，一路读着别人家的春联，总是福呀财呀乾坤呀大地呀，再看看我写的这幅"疏影横斜水清浅，暗香浮动月黄昏"，心里就会暗自得意。

有一年，晚上欢欢喜喜写好春联，第二天早晨起来大吃一惊，那些字都被画蛇添足地添了"腿脚"。我立刻怀疑是弟弟干的，于是审问弟弟，弟弟坚决否认。那是谁干的呢？难道是老鼠干的？老鼠拿舌头舔的？喊来父亲，父亲看着那些一夜长出许多"腿脚"的毛笔字只是笑。堂哥看到我的字,更是笑喷。最后他们推断出,一定是我的春联字迹未干就被竖放,夜里墨淌下来,淌出许多"腿脚"来。这是我写春联时的一大教训。

在女孩子们跟着母亲做吃食、搞卫生的乡下腊月,我被父亲鼓舞着,去写春联,这或许也是父亲关于春联的一个独特创意。

豆腐浴

记忆里,洗,是过年大事。洗了大大小小的物件,还要洗人,尤其是洗我们小孩。我们像放养在人间泥尘里的小兽,这时节,是一定要捉出来,剥掉层层叠叠的壳,彻底洗个爽净,好迎接大年的到来。

我们的过年澡通常在腊月二十八九隆重举行,用的是豆腐坊里压豆腐时淌出来的豆汤水,清澈,微泛黄绿色。那天,母亲和伯母都拎着两只桶子到豆腐坊里接豆腐水,回来给我和堂姐洗头洗澡。豆腐坊就在我家东边两百米远,接豆腐水往往要排队,因为一条河堤上下十几户有女儿的人家,都在这两天接水回家洗。

有时,我也跟着母亲去豆腐坊接水。赶上排队,就到里间看人家热火朝天做豆腐。豆浆煮过，在陶缸里定型成嫩豆腐，然后上架，躺进木框里的白棉布里，上面再放木板，加石块之类的重物，将嫩豆腐里的水挤压出来。我们的木桶，在墙外的出水口，接的便是这涓涓流淌白汽迷蒙的豆腐水。

接满桶，沿着林木萧萧的河堤拎回家，一路拖着白汽，我便追着白汽跑，边跑边拿手指撩。赶上晴天，母亲把木盆放在东边的草垛下，避着风，大太阳满庭满院地照着，我便被母亲扯进了澡盆里。母亲似乎喜欢在冬天的午后太阳下，在避风的草垛下，给我洗过年澡。在开阔的天地之间，在阳光与草垛之间，母亲便能放开手脚拉开架势对付我身上新新旧旧的泥垢——这真有点沙场秋点兵的壮阔豪迈。我坐在木盆里，坐在豆腐水袅袅的清香里，由着母亲洗。我像一件柔软的衣，母亲从我脸耳、脖子到腹背和四肢，搓、擦、推……大大小小的水珠，微微泛着柳黄色的光，在我豆腐一样的肌肤上滚动，汇合，破裂，弹跳，晶亮闪烁。越过我圆鼓鼓的肚皮，我低头看见水盆里倒映着母亲的脸、我的身体、草垛的影子和蓝色的云天。母亲逮着了我一只胳膊来搓，我便使出另一只手在水盆里捞云朵，捞草垛，捞母亲的脸——这委实好玩，一只木盆，装下了整个世界，我在世界中央。

我即将要穿的衣物都摊开在太阳下，奶奶不时翻翻。母亲一边给我洗，一边念着："豆腐水洗澡，一年到头没病灾，小姑娘越洗越白。"我听了,越发乖乖由着母亲收拾,皮肤被揉疼了也默默忍着。现在想,母亲每每给我洗过年的豆腐浴,分明是一边洗,一边念着祝祷词,她祈愿我在这种长辈传下来的习俗与仪式里,成为健康美丽的女孩,能赢得人人喜欢。奶奶还常常在一边帮腔:"豆腐水洗头,头发乌油油。"奶奶的头发已经黑里落雪,她常常拣在后面,用我们剩下的豆腐水洗头,我看见太阳下菌丝样的白汽在奶奶湿漉漉的头发上生长,升到半空里遁去。

"哎哟,这一盆水能肥七八亩田!"每次洗过,母亲总这样叫唤,可也不见她将我的洗澡水运到田里去。我的洗澡水,常常被就近泼在庭前的萱草和梨树边,我看着一盆豆香味的洗澡水慢慢渗进泥土里,发出极细极轻的簌簌声,仿佛那是豆腐水在一路言笑走远,还携着我生长中褪下的壳——来年的梨花雪白、萱草花黄,可都有我的功劳了。

我身上残存的豆腐水,被母亲擦干,被阳光照干,只有隐约的豆腐的清香味,在我粉粉酥酥的肌肤上细细长长地散发着。母亲给我穿好落满阳光的衣服,嘱我不能乱跑乱跳,以防出汗又脏了身体。我坐在椅子上,待在家里,不敢跑远,安静等着大年三十,等着大年初一……我像一块豆腐,又被悬空供了起来,生怕自己一动就会碎,就会淌出汗粒来。

当年三十到来,我里外一身新,低头深嗅,透过衣衫的香味，依然能捕捉到来自肌肤之上的豆香。

　　我无收无管地潦草生长一年，净三天，脏三天，直到年边被母亲按进一盆豆腐水里，翻箱倒柜地彻底洗去身上潜伏的尘泥。我觉得自己像一只黑暗毛贼，终于在一场豆腐浴里回心转意，自此一身光明洁净和清香。

岁岁平安

一岁已尽，一岁又来。

人间最好的祈福，是岁岁平安。

记得早年在父母身边生活时，每年的春联，总有一扇门的横批上写"岁岁平安"。大红的纸，乌黑发亮的墨，"岁岁平安"四个字在白炽灯的照射下，泛出一种庄严深邃的光。

岁岁，岁岁，平安，平安……

这"岁"是旧的岁。记得八岁那年，我触电昏迷，被电的手掌边至今还落下指甲盖大小的疤痕。但是，彼时我幸运地被救回来，休息一两日后，就又背着书包上学去了。在八岁那年的岁暮灯光和饭菜暖香里，我读着父亲写的"岁岁平安"四个字，心里默然感谢上天的恩慈。我没有成为红纸上一滴不听话的墨迹,让一场意外的触电事故把我从人间抠走。我还平安着,端端正正地活在人间,活在"岁岁平安"的"岁"里,跟着父母弟弟一起,围着除夕的满桌佳肴,欢庆新岁的到来。

"吃过年夜饭,阿晴和弟弟都长一岁了。阿晴九岁,弟弟六岁,可要记住了啰!"母亲笑盈盈地一边给我们搛菜一边说。我很认真地点头"嗯"着,觉得又长一岁,真是一件神圣隆重的事情,值得昭告所有的亲戚和熟人。

大年初二,一家人去外婆家拜年。外婆家在长江边的一个沙洲上,我们要步行七八里的沙路方能到。这长长的沙路上,我好奇读着一家又一家的春联,读着一个又一个村庄的春联,这种新奇,简直像打开一本新书——那时人家的春联都是手写的,字体和内容各有特点。遇到不识的字,父亲便讲给我听。读得最多的,是"天增岁月人增寿,春满乾坤福满门",于是朦胧觉得自己新长一岁的事,和天地日月都有了关联。

这"岁"也是新的岁。我们懵懂生长,不知人间有诸多未知的辛苦和艰难,不知在父母的新年祈福里,我们是重要的内容。多年后,待到自己为人父母了,在大年三十给孩子换穿新衣时,才深深明白:在新的一年里,我最大的愿望,不过是希望,我的孩子,平安。希望他平安成长。他可以不那么聪明,可以不那么帅气,可以不那么招人喜欢,但是一定要平安。

和母亲当年为我置新衣一样,我每年给孩子置办的新衣总是要略略大些尺寸。天下的父母养育孩子,总像个农人种植庄稼一般,先预留出一些空间,然后喜滋滋看他们枝叶蔓延,长高,长壮,长得一日日饱满,用活泼的身子一一填满那些预留的空间。

"衣服又小了!"这惊讶的一叹,真是做父母的好收成。

所以,岁岁要添新衣。

把新衣穿旧、穿破、穿小,是每一个孩子新一岁的使命。

还记得,正月里奶奶教我剪寿字的情景。那时,每年裁春联剩下的红纸边角料,奶奶总是仔细叠好,收在橱柜里。这些边角料,一些用来包压岁红包,或者包平日吃喜酒时随礼的礼钱,一些便是用来剪喜字和寿字。亲戚邻居当中,娶亲出嫁那样的喜事未必年年有,可是老老小小的生日却是年年都会碰上几个。那时,过生日不兴吃奶油蛋糕、许愿吹蜡烛这些洋做派,只是在衣食的筹备上格外郑重而有喜气。一般,奶奶都会早早算好新一年里有哪些生日喜酒要吃,送的生日礼除了成套新衣服、长寿挂面,还有寿鸡蛋。二三十个寿鸡蛋,每个鸡蛋上粘贴一张用红纸剪成的篆体寿字。

剪寿字很费时,所以往往是在正月的碎闲时光里完成。奶奶握一把剪刀,我也握一把,我们坐在落满阳光的早春屋檐下，将红纸裁成两寸见方大小，然后横竖对叠，开始剪。剪出来的寿字图案，很像一种远古图腾的纹样，它们被奶奶放进旧书里夹起来，以备他日送生日贺礼时用。我看着那一张张寿字图案的大红剪纸，觉得即使是平凡的乡人，他们的岁岁年年也都会被一个个神秘的符号所佑护。

人人都像庄稼，很结实地生长在大地之上。人人都被大红字符佑护，不会轻易被风儿吹走。

八岁那年秋天，我刚上学，半路上就遇到了外婆。外婆拎着一篮新衣物，往我家方向去。那些叠得整齐的衣服上，还铺着松柏和天竺的枝叶。原来是外婆要去我家给母亲送生日贺礼，配上松柏和天竺，大约是取其岁岁长青之意。

哇，我妈都三十了！

当时心里一惊，以为三十岁已经是中年。在一个八岁孩子眼里，三十岁已经是有些老了。如今，外婆过世已经多年，而我，每年在娘家吃年夜饭时，想到他们新添一岁，却并不觉得他们老了——或者是，我真是舍不得他们老去。

每年的除夕宴，总是欢喜地提前给父母各准备一份红包——压岁红包。心里祈祷，希望每年的除夕，我都可以给他们派压岁红包。希望他们一岁一岁又一岁，长长久久地活着。在除夕，父母收了我的压岁红包后，又会给我的儿子、我的娘家侄子和侄女儿包压岁红包。人人都长一岁，人人的一岁都被亲情稳稳压牢在人间。

岁岁平安，这"岁"里，有父母的岁，有孩子们的岁，也有我自己的岁。

还记得十四五岁时，读《红楼梦》，读到黛玉焚稿，想到她和自己一般年纪，心疼不已。可是又想着，像黛玉一样早早亡去也很好，干干净净的，可以躲过像王夫人、薛姨妈那样阴晦沉闷的中年，可以躲掉像贾母、刘姥姥那样寂寞无聊勉强找乐的老年。是的，在青春年少"为赋新词强说愁"的年纪，我真是盼望自己很意外又很诗意地死去。

可是如今，我真是珍惜活着。

因为明白，父母的"岁岁平安"里，其实包含着我的"岁岁平安"。我的岁若少了，父母的岁便不牢实了。我也知道，我必须把我的岁像擀面一样摊开，拉得长长的，才能完美地和我的孩子，和将来孩子的孩子，稳稳接壤。生命至此实现庄严的相迎与相托。

从前，常暗自哂笑那些动辄一身大红的着装，觉得太闹了。可是如今，每年过年前，我都喜欢悄悄为自己置些大红的衣物，红袄、红裙、红围巾、红靴、红包……那种绵延相传千百年的中国红，实在令人觉得岁月隆重，不可有负。

回想当年父亲执笔写"岁岁平安"的情景，岁暮的空气里弥漫着尘世安稳的味道。自从可以买春联，多少年没再写过了呀。那么今年,不妨买几张红纸回娘家,陪父亲写,陪孩子们写。我们一人写一幅。

岁——岁——平——安——

月亮堂堂

月到中秋，分外的清白而圆润，挂在蓝汪汪的远天上，像从缸里刚捞上来的豆芽一样，又白又胖。

记忆中，每每这时候，我奶奶会站在门旁，对着浩瀚的天空里那一轮皓月，很抒情地叹道："月亮——堂堂哦！"然后掇条长凳放在门前的场地上，坐在一片奶白色的月光里，周身晕染一层茸茸的白光，像莲花上的观音。

我喜欢我奶奶那"月亮堂堂"四个字，多年后再在嘴边咀嚼，只觉得有一片浩茫而澄澈的月光，那样广大无边地覆下来，人世乾坤，堂堂中正。就连月色里夜游的飞蛾与蚂蚁，都能在这蛋青色的月夜里，觉出尘世的清明与平和，还有悄悄的说不出的欢欣与满足。

月亮堂堂的夜晚，奶奶喜欢坐在门前的石阶上剥豆。是种在田埂上，或者无人耕种的河畈上的豆，个个豆荚长得肚大腰圆，得意满满。黄昏时，奶奶从田埂或河畈上背一大捆豆秆回家，堆在场地上或者屋檐下。晚饭吃过，吹了油灯，只见月光无限慷慨地洒下来，粉粉地铺在门前的石阶上。奶奶坐在那月色里剥起豆来，安静无声。只是过那么一会儿，就扔了一棵已剥完的豆秆，再抽出另一棵，如此往复，不缓不急。没有什么会惊扰得她停下，也没有什么会催着她赶紧。剥豆的奶奶和月光一起构成一幅人间的画，安详而明朗——是月光，把一个乡间老妪最普通的劳动，注解成人间美丽的图画。

有一年仲秋时节的夜里，是下半夜，我口渴了，爬起来到厨房找水喝。我趿拉着一双凉软的布鞋，朦朦胧胧到得厨房，立时惊呆了——好一片月色！那一片仲秋后半夜的月光，透过厨房窗子上的玻璃纸满满覆在锅灶上，满得要溢出来，分外的明净与纯正。厨房也仿佛被这一大块月光清洗了一样，锅铲子亮得灼眼，平日里黑黝黝的松木锅盖，这一刻显得那样洁净与沉静，横躺在锅沿上，竟像入了禅。厨房里，没有月光的地方还是一片潮润润的幽暗。幽暗的水缸底下，蛐蛐儿叫得正欢，那唧唧虫声虽在暗处，却也有月光的清明与澄澈。我提起瓢子舀了半瓢水，水里也晃动着一小块光亮。我欢喜地把水喝下，连同那一小块晃动的光亮，只觉得自己也通体透明而洁净。月亮的光明与美好，那一个后半夜里，我也有了。我身体的这个小宇宙，角角落落，都得了月光朗照，白日里的不快，人前藏不住的那慌乱与卑微，都在这月光里消融不见。

我忍不住开了门，走到屋外去，四隅一片沉静，我走在一片清凉的月色与清亮的虫声里，只觉如步莲花之上。隔壁人家的房顶，远处黛色的田野，都笼在一片纷纷扬扬的乳白色里，月如霜啊，千里万里，无边无际。抬头看中天，星辰如贝壳现在沙滩上，银河浩荡，伴同西边那皎皎一轮，十万光明就这样洒下人间处处，却又这样无声无息，无有惊扰。我心里有无边的欢喜和宁静，可是说不出来，仿佛置身在一个充满爱与安宁的美好世界里，一个幸福可以绵延到地老天荒的童话里。

月亮堂堂的夜晚，生活与尘世，在一个女子的眼里和心里，是这样一点点美好安稳起来，以至可亲可信。

书下乘凉

我以为，人间美事是日日睡前枕边有本书。沐浴更衣后的人是香的，展开的书页是香的，静静白白的灯光里，夜也是香的了。

一册在手，午夜听时钟嘀嗒，只觉是泉水泠泠淙淙自枕畔与台灯间流过，风光旖旎。人生至此，还有何遗憾！夏日读书，人在暑气里，一页页翻下去，仿佛字行之间有凉风习习，浓荫匝地。时光清美可人，心若一只素色的蝴蝶，低低翩飞在文字的绿荫下，妥帖安然。

不敢想象，没有阅读，这一路走来，生活会是什么样子。

至今犹记，少年时候买书读书的情景。那时，愁长憋闷的黄梅天刚过，天气高晴起来，家家晒霉。母亲早晨起床后在庭院里晒衣物,我无心帮忙,镜子前收拾妥当后就出门,心里揣着甜蜜的心思,却不是会人——坐一只小船荡过平阔江水,去江南;揣几块钱,去书店。书店外面的墙根下,晒了一地的半新不旧的书,连同墙根下的幽幽青苔也在陪着晒。书店前马路边有把杏黄色的大布伞在太阳下撑开,伞下是个老伯伯的书摊。我抽出一本席慕蓉的诗集,问他多少钱,他接过书看看,用半文半白的方言沉吟道:"个(这)一本呐,上好的上好的!"赞美之后才给出价格。最美的事是挑得一本喜欢的书后,用零钱在桥边的荫下再买一杯冰镇的酸梅汤,凉凉喝下,喝过把杯子再还给人家。

回家挪一把竹椅到梧桐荫下,椅边备上一大杯微苦的凉茶,就那么天荒地老地读着。大人们在睡觉,母鸡在葱郁的桑树下刨出一个泥灰的坑,将身子伏进去歇凉,花猫也在椅子边呼呼打着呼噜,只有自己像鱼一样在字行里游弋,清凉自得。一本书翻到一小半,大人都下地干活去了,四隅在蝉鸣里愈显寂静。庭前的桑树,田头的莲塘,隔江的隐隐山冈,一切都有了远意,远到诗歌里。夕光灿灿,邻家的卡带式录音机里播放着邓丽君的歌曲,甜美柔软的歌声飘过矮篱,在耳边缭绕。内心有清愁漾起,莫名的。"在哪里在哪里见过你／你的笑容这样熟悉／我一时想不起……"年少情怀,在书香和邓丽君的歌声里,仿佛一片月光下的湖面,又静又凉,渺渺瀣瀣。

如今，年少情怀已不再，旧友都已纷纷嫁人，旧恋的臂弯上也傍了别家的花朵，只有阅读的习惯还在，伴随自己至今。暑假里，喜欢躺在地板上看书，用唐诗词典作枕。一本随笔集，或者一本新到的杂志，闲闲淡淡地读下去，读到日头在阳台外也渐渐钝了它的焰。至黄昏，瞌睡来袭，就地侧身而卧，氤氲着油墨味的书页渐渐掩住了脸。书间睡去，灵魂清凉恬静，仿佛旧时在树荫下乘凉，听老人讲古老悠长的传说……

举目红尘，多少欢爱都散作了云烟，可寄深情的大约就是书和写了。是的，我在书下乘凉，听听别人说话，想想自己心事。就这样，与浮躁喧嚣保持点点远意，做个清凉的女子。

童年小镇

一直以为,一个人的童年,应当是在一个小镇度过的。

欧洲小镇的那种情调是非常入油画的。一大片碧绿碧绿的草坪上,有三两只白色的鸟在停歇,花木扶疏的篱笆旁立着一座小巧的尖顶教堂,远处有层叠的暖色房舍,穿长裙子的小镇姑娘提着花篮走来……

美国作家福克纳喜欢写小镇,在《喧哗与骚动》之后,他更是把一部长篇直接命名为《小镇》。小镇耐写。它像胞衣包裹婴儿一样,包裹着各种各样的人生。而这些故事,在小镇,会像慢镜头回放,别有一种悠远难言的情味。

喜欢读朱天文的小说。尤其是她早期的小说,小镇风情笼罩,读起来摇曳缤纷。《风柜来的人》写的故事发生在澎湖列岛上的一个小渔村里。一群男孩子高中毕业，没有工作，等待征兵。他们整日无所事事，在这个风大阳光又好的岛上，赌博，打架，肆意野性地生长。我特别喜欢小说里的环境描写，很有张爱玲的味道。"此时风季已过，大太阳登场，经过一整个季节盐和风的吹洗，村子干净得发涩，石墙石阶在太阳下一律分了黑跟白，黑的是影子，白的是阳光，如此清楚、分明的午后，却叫人昏眩。"这么一写，一个小镇的气息出来了，苍白，干涩，空茫，又无端令人烦躁着急，像一段野性疯长的青春。

最美是江南小镇，黑瓦白墙，两层的小阁楼，面山枕水的人家，楼下市井繁华生动。一个人，幼时在小镇长大，石板路上买小馄饨，桥头边听人说书看相。和姐妹们一起疯玩，春天放风筝，夏末秋初采莲蓬和菱角，冬天滑雪打冰凌。不知道小镇之外还有世界，不知道有一天会离开小镇。

然后长大了，读书，或者从军，从此离开小镇。再然后，在暮年的时候，叶落归根，回到小镇来。看看从前喜欢的表妹，在故乡小镇，在江南，慢慢就老在了白菊篱下了。看她鬓边也已经探出一篱的银丝，如白菊盛开。可是也不惊讶，只是欢喜，携了她的手去长堤上看看一池残荷的风韵。和老了的表妹去尝尝馄饨摊子上的小馄饨，味道还是从前的味道，只是摊主已经由父亲换成了儿子，儿子也霜了鬓。小镇老了。

小镇也会老去啊!

想起记忆里的小镇。青色的长条石铺成的路面,因为经年累月的行走,路面水溜光滑。三伏天的中午,小孩子睡不着午觉,在街上转,街道空旷而眩目,到处都是阳光。青石路面被晒得像锅底一样烙脚。两边的店面门板半开半掩,在暑热的空气里散发着老桐油的味道。如果横穿过一丈来宽的街道,再穿过一个小巷子,便是一座小石桥。桥下的河,名叫天河。早晨,妇女们在桥下的石磴边洗衣服,机帆船嘟嘟地开过来,靠岸,掀起一波波的浪,打在女人白皙的脚踝上。桥边一棵大桑树,中午,不睡觉的孩子就爬上树摘桑葚来吃,吃过下河游泳。蝉在桑树顶上嘶鸣,小孩子在水里喧哗,算命的盲人右手搭在引路人的肩膀上,边走边摇铃:八卦算命哦——八卦——他们走过小桥,往乡间去了。

那是我自己的小镇,童年的小镇。多少年过去,每回忆,总觉得自己是从《清明上河图》那样的画里走出来的,面对这个不断刷新令人晕眩的世界,仍能不卑不怯,从容淡定。

他年,还要选一座小镇,寂静终老,做一朵老得很安详的白菊。

中秋晓月

四季的月亮皆有其美。像春月,有一种被露水洗过的娟然轻灵。冬月呢,有了寒气,看上去是薄薄的,好像是金属锤出来的,铆进了湛蓝的深空里。夏月也丰润,属于少年的。只有秋月,外形肥美,宛如庄稼地里结出来的,看了会让人心底生出这样一些词语:富足、吉祥、如意……

忽忆起童年时候,陪母亲在中秋的晓月下行路的情景。那时候,母亲正是我现在这个年纪,做点小生意,贴补家用。

大清早,村子里的公鸡好像还没高亢叫起来,母亲就已经起来了,收拾货物赶早去集市,好占个好位置。因为中秋节,生意特别好。母亲去集市要路过一小片周围没有人家的坟地,起得太早路上人少,所以母亲有些怕,就叫了我陪她。

母亲挑着货物担子在前面，脚步轻捷飞快，我穿着塑料凉鞋跟在后面，走几步就要小跑一下才能跟上。整个村庄和田野都沉浸在一种古庵似的寂静里，没有虫唱，没有蛙鸣，连路边草木上的露水也都还酣睡在清凉的梦中。只有晓月的光纷纷扬扬地洒下来，在人家的屋顶上，在高低的树梢上，在田野上，在我们身前身后的小路上，在母亲的背影上。

　　我抬头看看那还歪坐在西天上的月亮，好像是结在田埂上的大白瓜，透着香甜气，脚一踢就会滚掉。果然是中秋了！我心里想想，无端觉得日子里也有隐约的喜气。

　　沿着长宁河的河堤走，一路都是小河贴着我们的脚底。河水里也是满满荡漾着晓月的清光，白亮亮的，连上天上的月光，整个世界仿佛都是月光做的，都是洁净光明而温柔的。

　　偶尔在远处坟地的丛林里，会传出一两声猫头鹰的叫声："哇——哇——"那声音细听起来，好像是说："苦啊——苦哇。"母亲笑着问我怕不怕，我说不怕。我是当真不怕，因为有母亲在身边，还有天地间一片月色照拂着，就觉得一切都是可信赖的。

　　陪母亲到了集市，已经看见一些人影，都是和母亲一样来卖东西的。等母亲选好位置，我和她一起将货物整齐地在地上摊开，然后等天亮。天是说亮就亮的。母亲说："你快回去吧，别耽误了上学！"

　　母亲给我掐准回去的时间：早了，路上人不多，她担心我回去路过坟地会怕；迟了，担心我回去后吃早饭再上学，会迟到。

我就照原路回去，一路上依旧小河伴随脚跟。风凉凉软软的，吹在脸上胳膊上很舒服。晓月的光芒已经弥散在河水里了，化成水上淡白的雾气。

在路上，已经能远远地听到人声，然后陆续有人挎着篮子路过我的身边，他们是去买菜，中秋节在乡下好像过小年。也有女人在河边淘米，准备煮早饭。他们看见我时，目光里有好奇。我知道他们肯定在想：这么早，这小女孩从哪儿来？我路过她们，心里有隐秘的成就感：我是陪我妈赶集市卖东西的！又想着，妈妈晌午回家，一定卖完了那两筐货物，也一定会带回几样好吃好玩的东西给我和弟弟，就觉得一上午的时间里都有了期待的甜蜜。

在那样一个中秋的清晨，披着月光，踏着露水，给母亲壮胆去集市，虽然来回走了七八里的路，可是那时不觉得苦，也不觉得累。也不觉得那样的日子里有辛酸，抑或坎坷，就觉得这就是生活本来的样子。一路回家，看人家的门次第打开，看他们在村野河边现出了劳动的身影，就觉得自己也是劳动的人，而且起得比他们还要早，心里就欢喜。好像在时间那里捡了一回便宜，在生活那里得到了额外的一份小礼。

那年中秋的月亮，别人只看到过一个，是晚上的月亮；而我看到了两个，多了一个肥肥圆圆的晓月。

179

养一畦露水

露水是下在乡村的。只有古老的山野乡村,才养得活精灵一样的露水。

童年时,在露水里泡大,以为露水寻常,是入不得诗文的,直到读《诗经》里的《蒹葭》才开了心窗。"蒹葭苍苍,白露为霜。所谓伊人,在水一方。"古老的风情画呈现于眼前:雾色迷蒙,芦苇郁郁苍苍,美丽的女子在露水的清凉气息里如远似近……

我的童年里也有睡在苇叶上的露水,但那是另一种风情。生产队里养着一头褐色水牛,农忙时节,孩子们大清早起来割牛草。我和远房堂姐相约着,去村西河边的芦苇荡里割草。卷起裤管下去,脚下的软泥滑腻清凉,一碰芦苇,露水珠子簌簌洒一身。从脖子到后脊，到前胸，露水的凉意在皮肤上蔓延，还似乎带着微甜的味道。苇丛里的青草又长又嫩，几刀便可割一大把，有时还顺便割一把细嫩的水芹，当中午的小菜。出了芦苇荡，几个大青草把子拎在手上，一路滴着露水。我们的头发和衣服，也被露水打得湿透。仿佛洗了个露水浴，脸上、身上、眉毛上、眼睛里，皆是露水。白露未晞。白露未已。

那时候过暑假，晚上不爱在家里睡觉，而是在平房顶上露宿。堂姐堂哥堂弟，叽叽喳喳的一大群，自带凉席，都来我家的平房顶上睡觉。我们简直成了原始部落，月光为帐，星星为灯，感觉自己就像草叶子上的一滴露水，睡在天地之间。到后半夜，露水重重地下来，裹身的毯子又凉又软，翻个身，贴着堂姐的后背，听她说断断续续的梦话，窃窃想笑。星星在眼前，垂垂欲落，虫声蛙声都已歇了，四下阒寂。满世界，只剩下了露水的清凉气息在流散、漫溢。露水里睡着，露水里醒来。清晨下房顶，常看见邻家的瓦楞上结着蛛网，蛛网上也悬挂着露珠，亮晶晶的，在晨风里摇摇欲坠。

暑假一过，初秋的早晨，穿过弯弯曲曲的田埂，一路蹚着露水去学校。到学校时，一双小脚泡得又白又凉，嫩藕一般，脚丫里有草屑和碎小的野花。那时候，常提着凉鞋上学，到了学校后，才下到校前的池塘边，洗掉脚上的草屑和野花，将一双被露水洗得格外好看的小脚插进凉鞋里。有时不舍得插——是露水让一个乡下小姑娘拥有了一双不为外人知晓的好看的脚。

成年之后,庸庸碌碌,在家和单位之间来回折返,过着千篇一律的两点一线式生活。有一日,读《枕草子》里写露水的几句,才想起自己似乎好多年没看见露水了。忙时只顾着抬头往前赶路,快!快!闲时只想饱饱地睡会儿懒觉。起床时,草木上的露水已经遁形,以至以为:露水,是只下在童年的!

当然不是。露水一直在下,下在童年,下在乡村,下在有闲情闲趣的人那里。

《枕草子》里写露水的笔墨多而有情趣,而我最爱玩味的是这一句:"我注意到皇后御前的草长得挺高又茂密,遂建议:'怎么任它长得这么高呀,不会叫人来芟除吗?'没想到,却听见宰相之君的声音答说:'故意留着,让它们沾上露,好让皇后娘娘赏览的。'真有意思。"读到这里,我恍然觉得游离多年的一片小魂儿给招回来了。养花种草,不是目的,是为了给一个闲淡的女人去看清晨的露。烽火戏诸侯,裂帛博取美人笑,都不及人家种草来养露水的风雅。

我读着《枕草子》,不觉痴想起来。痴想有一天,能拥有一座带庭院的房子,四围草木葱茏。院子里,种花种菜种草,一畦一畦的。清晨起来，临窗赏览，看一畦一畦的露水，都是我养的。

养一畦露水，在露水里养一个清凉的自己。生命短暂渺小，唯求澄澈晶莹，无尘无染。让美好持续，一如少年时。

墙外的春天

母亲和大妈在窗外的廊檐下晒太阳,她们边织毛衣边聊天。我在窗内,在床上,生着病。这是三十年前的事情了,至今忆起那情景,仿佛只是昨天。

那时,窗外已经是春天。透过半掩的窗户,风软软的身子游进来,微凉的。若是爬到窗沿边,能看到远处的田野,绿色厚起来,我猜那是紫云英们从旧年的稻茬间抬起了身子。

我翻个身,继续躺着,目光烙着屋顶,仿佛从远古洪荒年代一直凝望到今,屋顶始终没有变化。有变化的是窗外,于是我拼命竖起耳朵,听着窗外的一切动静,然后在脑子里,将这些声音转换成画面。我感觉我的耳朵像一只无限伸长的手,伸到窗外,这里抓一把,那里抓一把,唯恐自己在疾驰的春天里摇摇欲坠一般脱落,就像努力爬到岩石上的一粒螺蛳,却在一个凶狠浪头的摇撼下又坠入淤泥。

在妈妈絮絮的说话声里,我似乎还听到匍匐在低声部的花猫的呼噜声——花猫一定是依偎在母亲的脚边或是在母亲坐的椅子腿边眯缝着眼睛。猫也喜欢赶热闹场子,它晚上总是悄悄蹿上我的床,在我的脚边伏下,我一直都不告诉妈妈。可是现在,它不陪我啦,它在窗外晒太阳睡大觉。

我还听到大妈家的黑狗偶尔的一两声轻吠,像是它的自言自语。门前门后的大路上,此刻应该没有陌生的路人,所以它不必拿出凶恶的架势来。我猜想,那黑狗也许是看见门前池塘里自己的倒影,翘起的尾巴上绒毛被风吹拂,像擎着一束芦花。黑狗轻吠,没有回应,于是它怅怅然离去,跟着小孩子们的屁股转悠。

簌簌咯咯的声音,很有质感,似乎有人在翻动什么,那声音是从篾质的器具上发出来的,大约是草垛上晾晒着一筛子豆腐干。春天,奶奶喜欢这么干。春天的太阳又白又稠,奶奶取下筛子来,端在腰间,给筛子上的豆腐干们翻身。

所有能晒的,大都在外面晒。

我的棉袄也被母亲放在外面晒,我猜要么放在草垛上,要么搭在椅子背上。棉布的经纬之间织满阳光。

母鸡偶尔发出咯咯的叫声,似乎在呼唤它的同类,也许是奶奶的筛子里漏下的碎豆腐干成了它们的下午茶点心。躲过年劫的母鸡侥幸生存下来,叫声有了浑浊的沧桑感,不似小鸡仔的叫声那般清脆稚嫩。它们安然吃食,下蛋,就快要蹲窝孵小鸡了。

廊檐下传来板凳椅子轻轻移动的声音,似乎有人在伸懒腰,有人在揭身上的袄子,坐得腰背酸了,晒得人出春汗了。我扫眼看了看我的房间,没有被阳光直射到的那些角落,好像还沉淀在旧年的光阴里,隐约有阴冷意。墙里墙外,真是两个世界啊!我感觉生病的自己也是这样尴尬地卡在残冬和初春之间,我的腿上没有力气,像陷在冰冷的淤泥里,迈步不得,困守残冬。可是,我的脖子,我的眼睛,已经拼命迎向春天的阳光,像石缝里探身出来的一截孱弱的蔓儿。

我听到弟弟和堂姐的笑声,有六七张床那么远的距离。他们肯定在玩!

"妈妈,我要喝水。"我隔着一堵墙,隔着半掩的窗子,对廊檐下的母亲喊。

一阵窸窸窣窣的声音,母亲推开半掩的房门,端着一杯水,扶我坐起来喝。我半倚着母亲,感受到风和阳光的味道随母亲一道进了房间,这味道又亲切,又像家中忽来的客人一般明媚又尊贵。我喝过水,躺下,母亲给我掖好被子,依旧半掩上房门离去。

弟弟和堂姐的笑声仍不时传来，像是一直在稳步推进着那个好玩的游戏。笑声经过我的耳朵，辗转到我的心上，化作一只只惊蛰之后翻身蠕动的虫子，在我心里四面八方地乱爬，几乎要掀起我软绵绵的身体。

"咚咚咚咚——咚咚——"父亲的脚步声，我老远就听出来。他走起路来，总像是用脚掌砸地，铿锵如鼓点。父亲停在了门前的场地上，因为他的说话声在我听来方向不变，距离不变。"油菜起薹了。年前追的那一趟肥，现在得劲了！"父亲说道，语气里有明朗的欢喜。我在墙里，似乎看见父亲沐着阳光，像一棵粗壮的庄稼。他的布鞋沿上大约沾染了油菜叶子的绿汁，他一定是穿过油菜地回家来的。他的略显凌乱的头发里，大概还残有田野上的风和庄稼生长发散出来的清气。

"妈妈，我想起来！"我在床上又喊。

母亲站在房门口，没有进来，像个剪影。

"妈妈，我要起来。"我望着母亲恳求道。

母亲转身出去，捧来我的毛衣和棉袄之类，帮我穿上。我的头发没有梳，辫子落魄地歪倒在一边，待我出了屋子站在门外时，母亲复又进屋取来梳子。

屋外到处都是阳光，刺得我几乎睁不开眼，泪都渗出来了。我摇摇摆摆晃着身子，在大门前艰难站住了。

大妈似乎在看我，问："还烧吗？"

母亲用握梳子的那只手的手背贴了贴我的额头，仿佛心里在捞什么东西似的，半晌说："还有点热。"

我的眼睛依旧不大能完全睁开，泪也没干，只好摸索着跟着母亲走，在她腿边蹲下，她坐在椅子上给我梳头。我被屋外这明亮暖和的世界照耀着，心里反生出无限委屈，觉得自己像是从幽暗冰凉的地底下爬出来的，又丑陋又疲惫，孤孤单单没有同类。桃花在枝上打着蕾，水渠里的春水在脉脉流动，这些景致他们看得比我要清楚明白，他们眼里的春天肯定比我眼里的要鲜活，要鲜艳，要广大邈远。

辫子梳好了，我偷偷出力，攥了攥拳头，想把手臂上的力气都统统集中挤向腿脚，我想要快快地走起来，甚至还想轻松地跑动。我心怀壮阔理想，想要像大妈家的黑狗一样动作敏捷，动辄纵身跳跃。

弟弟和堂姐站在大妈家的廊檐下面壁躬身，小心谨慎的样子，不时爆出笑声。我走到他们身后，探头看，一只胖胖的野蜜蜂被弟弟从墙缝里掏出来。野蜜蜂嗡嗡地叫，似乎正在睡觉，却被弟弟强行拖起来，很不情愿的样子，一转身，滚进了弟弟左手上的小玻璃瓶里，翻身打滚之后，开始扑扇翅膀。

他们在掏蜜蜂，年年春天玩的游戏。油菜花还没开，野蜜蜂们还都在墙缝里晒太阳。我便也找来一根小棍，顺着墙沿走,一个墙缝一个墙缝地趴着窥探找蜜蜂。我握着小棍的手虚弱得要发抖,可是,我努力坚持着。掏着一只睡思懵懂的蜜蜂,像是在掏着恹恹无力的自己。

肥胖的野蜜蜂在我的瓶子里嗡嗡了一下午,黄昏时,我打开瓶子把它放走了。过几天油菜花就要开了,我心里想,那时我上学时路过花丛,大约能遇上它。

风在乡下喊

年少时,每年残冬,我总喜欢在朝东南的那扇窗边挂一个风铃。风从田野上来,从江堤上来,从江水之上来,从东海之滨来,从遥远的东方来……最早抵达的那一缕春风,肯定会摇响我的风铃,用铃声喊我。"叮叮——叮,叮叮——"不是张口大喊,而是细细的声音,带着后鼻音特有的幽渺深微。

风来喊我。我像是被遥远的世界喊了一回。

那时,春的声音是清脆的、悠扬的。带着早春的薄寒,带着江水的湿润,带着土膏的微腥,春风抚遍我的村庄,春风喊着我们每一个乡人。

春风如客,家家光临。

寂了一冬的田野，枯草的缝隙间忽然就拱出了一丝一丝的绿，野草野蒿在风里抽叶，小小的绿身子颤动不息。田头水渠边的高柳，不再凛然沉默，点点新芽，如小鸡雏的喙，啄破树皮，啜饮春光。春风还它自由身。它攀着春风沐着春雨，想怎么长就怎么长，一宿一个新样。

住在水边的人，不种茶，可是又贪一口青。柳叶将舒将展时，乡人们便相约到水边捋新柳叶，回家用稻草烧火，制柳叶茶。柳茶的清香，跟着风走，溢满了村头村尾。那些高枝上的柳叶，未被采到，依然朝朝在风里摇曳，抛甩翠袖。

春风里，我们背着书包上学放学，我们在窄仄的田埂上追逐。辫子散了，刘海戳起来，我们被风吹得毛毛的，像个不驯良的小兽。春风鼓舞着我们，教唆着我们。我们成了追风的少年。我们在风里奔跑，在风里长大。风里的庄稼和野草弓着身子，也是奔跑的姿势。远远望见村庄上空的炊烟，也身子弯弯的，拱着背向天空攀升。奔跑中，软软凉凉的风贴着衣领和袖口，游进了我们衣服里，在肌肤上巡回打探，像是祖母的手在瞧我骨肉长结实了没有。

春风不是客，它在我们这个多水的村子住下了。

春风是建筑师，叶子上搭叶子，绿梗上接绿梗，让田间油菜和麦苗在摇摆中长高。春风也是面包师，低矮的田地，一日日在柔风中就变得蓬松起来。春风还是乐师，暗藏一段舞曲，引得草木环佩叮当地起舞。春风，到底是一位巧手的织女，它让河水披覆波纹，河面变成铺开的縠帛长裙……

风把梨树枝头的青蕾撑开，撑出一簇簇雪白的花。风把盛开的白花又一朵朵吹落，那些花瓣一朵朵分散，斜斜地在半空里荡，转身，旋舞，以最悠然最轻盈的姿态，虚度一下春光，然后才落，就像我们放学，却不急于回家。白花落在屋瓦上，落在土篱笆墙上，落在潺潺河水上，落到桥头石板上，落在树下路人的发上肩上……落在泥地上的白花，令人不忍下脚去踩，只盼着又一阵风来，将花儿再送一程。

有风的时节，落花的乡下，仿佛一场微微打盹时的梦境。

风，吹着吹着，禽鸟昆虫的翅膀就打开了。燕子立在屋檐下的泥巢边，天空微雨，雨丝斜斜，燕翅上犹有花香。风日晴和之时，上学路过油菜花田，听见嗡嗡的蜂声，千万对小翅膀扇动，不知那样的细风拂过花时，花朵会不会痒。

农事未起的周末午后，父亲提网去河边，捕鱼捕虾。我提着竹篓，和风潋滟，鱼虾的鳞光在日光下闪烁，它们出水后在草地上翻身腾跃——是第一回受着风吹吧，这是人间的乍暖犹凉的风。

舍南舍北皆春水

春雨潺潺时，总会想起从前，想起少年时候居住的老瓦屋，和房前房后的澹澹春水。

"舍南舍北皆春水，但见群鸥日日来。花径不曾缘客扫，蓬门今始为君开。"杜甫诗里，难得一回小清新，说的似乎就是我从前的家。

房前的那个大池塘，名叫许家塘。许家塘那边，是一片平阔田野，金黄的油菜花田和紫红的紫云英田错杂相间，辉煌壮阔。田野中间有水渠直通到许家塘，夜雨下起来，水渠里的水哗哗淌进许家塘里，一整个春夜，耳朵里都是扯不断的水声。

那样的水声里，似乎能闻到油菜花的味道、紫云英花的味道、青草和野蒿的清气、泥土的潮气、蚯蚓翻身拱动爬出泥穴的腥味……一个人的嗅觉、味觉、视觉都被那样的水声喂养得特别粗壮发达。

翌日晨起，推窗，许家塘的水面上漂满了油菜花的花瓣，还有零落的桃花、杏花。雨住了，水渠的淌水声渐渐小了下来，只剩一口肥胖的大池塘，倒映着树影、花影、草垛的影子、天空的影子，还有塘埂上走动的人影和奔跑在后的小狗的影子。

早晨上学，穿着胶靴，走过蜿蜒的田埂，一路都是大大小小的水流伴随左右。池塘、河沟、水渠、田畦之间的逼仄小沟，到处都在淌水。我的胶靴被春水洗得莹莹发亮，上面又沾了许多的落花，有油菜花、紫云英花、蒲公英花，还有婆婆纳的碎小蓝花。

屋后是一条河，名叫长林河，袅袅婷婷的，迤逦走向长江。春日里，河水又满又绿。河边有<u>一丛一丛</u>的芦苇，或者是一<u>丛一丛</u>的菖蒲。柳树发芽，杨树发芽，榆树发芽，个个枝头都是毛茸茸的绿色。这些绿色倒映在河水里，河水就像被绿色酿了一遭，何止是春水碧于天！

早晨，女人们在河边浣衣，棒槌的声音此起彼伏，在河水上回荡着，成为多声部的合唱。鸭子们拖家带口，终日在水上欢畅，脚掌划动，裁出一片片扇形的水纹，绵延不绝地荡开去。

柳枝披拂里,探出牛的前半截身子,牛来河边喝水了。水是绿的,柳枝是绿的,褐色的水牛像是被无处不流淌的绿色给润湿了身子,也是绿的了。

黄昏,杜鹃鸟飞过林梢,且飞且鸣,长长的尾音震颤在河水之上,让人觉得,春天一直是唐诗里的那个春天,我们行走千年百年,还没走出过杜鹃的春啼里。杜鹃声里斜阳暮,斜阳也是旧时斜阳,一半在天上,一半在水里。

到春暮,油菜花落了,桃花、杏花、梨花也落了,河边的野蔷薇花却开到好处。刚开的深红,开老了的粉红到淡白,深深浅浅的红花点缀在叶子已然茂盛的花架上。水里也有一架野蔷薇花,和岸上的同开同落。

水底的水草隐隐约约有了消息,偶尔有条小舟经过,静静的水面像睡醒的婴孩,在摇篮里翻身,水底初生的水草也跟着水波摇摆着袅袅的身子。菱角秧浮出了水面,小小的,无风无波的时候,它们光亮的浅紫的嫩叶像是用丝线绣在绿缎子上。菱角叶子在水面上一日日地铺,平阔的河面一日日窄了,春天也一日日窄下去。

夜里,闻着花香入睡,屋子西边一棵棠梨树正开花,花香随着夜气漫进窗子里,人就在这样潮润的花香里。想象窗外,白色的棠梨花纷纷扬扬,屋顶白了,河堤白了,房前房后的春水也白了。夜里，伴着花香做梦，常常梦见自己穿着胶靴站在河边的石板上，洗靴子上的软泥，还有沾在靴子上的花瓣。醒来，屋瓦上是平平仄仄的雨声。

春天若论五行，一定是属水吧。水滋养出了万物生长，也滋养出了诗意绵长。

第五辑 日暮苍山

暮色苍茫,山川静穆不语。在这冷冽阒寂的时光里,还会得遇一人,与己共饮这夜半的浊酒,共话这风雪载途的无边孤独。

清　川

溪是闲的。

瘦瘦薄薄的一带清溪，被上天遗忘似的，蜿蜒落在山谷。大的小的鹅卵石镶在清溪两侧，补丁一般，标记着溪水在汛期时的宽度。

此刻的溪，闲着了。不用春水暴涨，日夜淙淙；不用载一树的落花，或者一坡的秋叶，去赶一段繁忙的水路。景致收了，游人也不来了，岸边歇了船与筏。

溪，只是溪。只是它本身，不为任何溪之外的事物而负累。溪水脚步迟缓，比风慢，比日光慢。在缓慢中，水与水流连，与卵石，与水底的寥寥几片腐叶和树根流连。

水浅，游鱼历历可见。游鱼也是瘦的，瘦得更见身体敏捷，浅褐色的鱼影在水里倏忽一跃，忽隐忽现，仿佛是光的明灭。

我们是喧闹的。我们身上还披覆着城市的热烈和恣肆，我们的步履里灌满尘世的匆促和焦虑。可是，当我们赤脚踏过鹅卵石，在溪水边坐下，坐得也像一块补丁，心就清凉岑寂了。微风从溪水之上而来，拂过卵石，拂过我们的面庞鬓发，心里仿佛有一带清川，在静静地流淌，在静静地反射着日光。

我的身体内外，被一带清川浣洗，被山光照耀，变得洁净、通透、轻盈。我是瘦的了。

这是皖南秋初的深山，秋初的山间小溪，春花灿烂的时节早已远去，而秋叶还未曾霜染繁华。在春和秋之间，在两个隆重的季节之间，有一段清寂的山中光阴：草木一派朴素的老绿，溪水无声，林木深处的鸟也不喧嚷，仿佛一切都选择沉默。

溪边有人家。白墙黑瓦的两层小楼，典型的皖南民居。楼下两株高大的板栗树，抬头望，阳光穿过树叶，光芒软成带绿汁的光了。板栗还未老，一身绿刺，我们举竹竿帮主人打板栗，用剪刀剥出嫩白的子实，入口清甜。

板栗树下有柴垛，手腕粗细的柴木，垒得方方正正。柴垛憨厚如老者。此刻山民家的灶膛里正烧着这样的柴木，炊烟升起，在树荫里弥散，弥散成浅白色的裙子，软软罩着民居，罩着溪水两侧的山路和草木，空气里充满烧柴的焦香味。

放养的几只母鸡在板栗树下啄食被主人拣剩弃掉的菜屑，它们啄啄停停，也不争，想来那是它们的游戏。公鸡站在柴垛上，目光仿佛高过山顶的庙宇，高高翘起的尾羽上，闪烁着树叶缝里漏下来的阳光。

猫有静气，像"幽人自来去"的幽人。它悠闲经过我们的脚边，也不叫。它径直走到溪边，在那里舔水来喝。水里颤动黑白相间的猫影，它见怪不怪，只低头凝望片刻，便拖着长长的尾巴，踏过卵石，往草丛而去。草丛里有虫鸣，碎碎小小的虫鸣，露珠一般，在我们的耳膜上慵懒地滚。

午饭是用溪水煮出来的，入口，如有泉香。饭后饮茶，也是山溪之水泡出来的山茶，叶子在水里苏醒，舒展腰身，吐一杯春色。我们小口啜饮，唯恐惊了春天。溪在卵石上流淌，也在我们的脏腑之间流淌，到处都是波光荡漾。茶后恋恋不去，三三两两，我们在溪边的枫树下小坐，一株老枫，叶未红。阳光换个角度照射溪水，水光潋滟，如锦绣铺开。我们携手走上木桥，在木桥上排排坐，脚悬空晾着，细风吹拂各色的裙子，仿佛回到童年，我们都在水光的照拂里。我们潮湿，洁净，一夕无欲求。

"我心素已闲，清川澹如此。"

我们得一日之闲，暂拥一段清川。

阳光很近，尘世很远。

海棠依旧

春天,人从海棠花下过。

当花枝在肩,仿佛有一万朵少女时光,候鸟南归一般,栖息到眉前。

"海棠——海棠——"

我在心底念着海棠,像有清脆圆润的珠子在舌尖上弹跳,带着泠泠的朝露之气。

"海棠——海棠——"

我在花枝下默念海棠,像母亲在旧年的庭院里,在清晨,唤我起床,给我梳辫子,给我穿新衣服……那时的我,像一簇海棠,盛开在母亲喜盈盈的温柔目光里。

十几岁时,第一回读李清照的《如梦令》(昨夜雨疏风骤):

"昨夜雨疏风骤，浓睡不消残酒。试问卷帘人，却道海棠依旧。知否？知否？应是绿肥红瘦。"第一眼，先就喜欢了那一句"试问卷帘人，却道海棠依旧"。因为这里有对话，有戏，有起伏和波折。更因为，这里有"依旧"。依旧，是信赖，是不变卦。

少年时，眼底尽是春光，目之所及尽是海棠。我当然相信，好花日日开。这个世界，绿树荫浓也好，秋水长天也罢，自有一方小天地，在闺阁之间，海棠花开娇艳明媚。海棠花开，红得像风里一盏永不熄火的灯笼。风雨之后，海棠不曾凋。它依旧完好无缺，不被打扰，不被损伤。

海棠依旧啊。

是从哪一天起，我的喉咙忽然就被撑宽了呢？宽得可以吞下这一整首完整的词，吞下这首词里暗流汹涌的无常与变数。

这首词，是个独幕剧，剧里有两个角色。一主一仆吧？好像不全是。我曾以为，是一个寂寥的中年人，和一个明媚无邪的少女。卷帘的是少女，问花的是中年人。可是，某些资料说此词是李清照的早期词，是她青年时期的作品。啊，原来这不是一个中年人和一个少年人之间的对话。而是一个懂得惜春、有深深的生命之感的人，与一个心思懵懂粗粝如麻袋的人，进行的一段答非所问。

她知道伤春、惜春，她小小年纪已经开始借薄冷小酒消解生命之愁，哪怕为一朵花，为一场花事。为一朵花，又何尝不是为自己？她知道花之易折易凋，春之短暂，生命之须臾与无常。

本来的现实是，凄风冷雨中，她独自宿醉，到清晨，仍感醉意未曾消尽，而昨夜的风雨却是历历在心。其实，何曾醉过呀！她比谁都清醒。她明白昨夜来过风雨，也知晓今晨残红扑簌满地。从一夜风雨，到落英满庭，这是一条颠扑不破的自然规律。

美，是易碎的。春光，是易逝的。

可是，忽然有一个似乎是不解风情的卷帘人，冒冒失失地出现在舞台中央，她说："海棠依旧。"

海棠依旧，说的是，春长驻；说的是，美在那一刻，呈现出永恒。

雨疏风骤，浓睡残酒，绿肥红瘦。不论窗里窗外，在多情易感的李清照这里，世界是低温的，微凉的，残缺易损的。

一句"海棠依旧"，仿佛是蒙昧夜色里，忽然闪出来的一束强光，生命被倏地照亮，一颗惜春之心被倏地烘热变软。

一首词，就这样荡漾了一下。

现实与梦幻轮替，坚硬与柔软同在。

从雨疏风骤开始，情感的温度不是垂直下降，下降到落

203

红满地，而是借一个卷帘人的背影，完成了一个九十度的拐弯，完成了一次极具美感的起伏。在绿肥红瘦之前，还有过"海棠依旧"。

海棠花开，这是春之沸点。海棠依旧，这是生命在沸点里升华，一刹那即是永恒。

我行走在春日的海棠花枝下，微风经过，花雨缤纷。我知道生命是一场减法，而且终将平铺直叙、平淡无奇地减下去。只是，有没有一个卷帘人，来将这板结的光阴撬动一下，撬出一个口子，在冰冷的现实泥土之上，扦插一根梦幻的花枝？在大面积的沉寂里，有时多需要一个颜色、一种声音，来"破"一下。

"如梦令"，这个词牌名有意思。是有点雾气，还是实在的清醒？

海棠开依旧，一定是个梦吧。

日夕凉风至

孟浩然的《秦中感秋寄远上人》中有一句"日夕凉风至"。如果不看上下文，只端详这孤零零的一句，就觉得有些随意欢喜的意思。

想想，一天的时光悠悠度到夕暮之时，坐到檐下庭前，吹吹凉风，看木叶飘落，明月初升，秋菊新绽蓓蕾，炊烟从林间升起。时光舒缓，摇漾，像草原尽头飘过来的民歌余音。

可是，看看诗句"日夕凉风至"的上句和下句，上句是"壮志逐年衰"，下句是"闻蝉但益悲"，就觉得沉重起来。一想到岁月渐老，而壮志未酬，纵然凉风拂面，仿佛也是薄情人了。说到底，是作者内心有孤峰突起，无法逾越。

有时会问自己：为什么写作？是为挣稿费吗？是为炫才华吗？是为展示自己道心不凡吗？其实，这些都是表象。写作，说到底，是因为我的内心豢养着一支叛军，千军万马，日夜嘶鸣。唯有写作，可以抚慰，可以招安，可以稍稍熨平内心荒原上的起伏褶皱，来艰难维持这月光下疆域的肃严工整。

以文字为马，在自己的世界里来回奔突，一边释放自己，一边囚禁自己。

慢慢发现，写作也有它不可靠的一面。记得一位作家说过，不写的时候，内心焦虑痛苦，惶惶不可终日，唯有拿起笔来写着，才会心安。可是，写的时候，身体和心灵又在文字里经受涅槃之苦。以写作疗治虚度时光漠然人事的不安，其实就像给泥沙持续沉积的黄河不断加筑抬高堤岸，直到它的河床高过开封城，让一条大河日夜滔滔自人们的头顶流过——多么安全，又多么危险。

魔术总有被破解机关的一天，杂技演员也有走下钢丝绳的一刻，我们，最终还是要将自己从壮志未酬的悲愤里放归，回归寻常，回归成无名氏。

不提壮志，不提年衰，人生就这样删繁就简，活到真正的"日夕凉风至"的境界。我是我，我是秋风大地上一株最卑微的蒿草。只有日夕，只有凉风。享受日夕光阴，享受凉风吹拂。

半生已经过去，人生到这时节，不是放大痛苦，而是举重若轻。是穿越混沌沉重，穿越烈火煎熬，最后安静成一件案上的瓷器。

我是我，是破碎之后的重组，是毁灭之后的转世，是冰雪之下的泥土里昆虫翻身，是秦砖汉瓦的废墟上亭亭开出的碎白花朵。也是哪吒割肉还母剔骨还父之后，绝处里幸得法力无边的莲花身。

前半生，忙忙碌碌，忧忧戚戚，现在终于"日夕"，终于"凉风至"。手握一把安静而低温的时光，像聆听一首古老民歌，不问歌者尊卑，但喜这旋律婉转低迷。

爱看夕阳了，也无悲意。在书房，看熏黄的光束，一绺绺，像渔网在寸寸束紧收回，掳走了那些热烈的、灿烂的、欢腾跳跃的光影，只余下满屋寂静的空气，在夕光里缓缓潮退。我看见，书房里层层叠叠堆积的书籍，静如尘埃。我就这样了，人与书俱老，在民间。

阳台边的蔷薇缄默在晚风里，蝴蝶归去，浓香收敛。此刻，不比怒放，不比千朵万朵，比清凉。

有风的日子，我喜欢在檐下挂一个风铃，风铃下置一个老式竹摇椅。黄昏时，躺进清凉的竹摇椅，一起摇晃，像是人在新月上，吱呀，吱呀，天地起薄霜。

晚风起时，风铃摇响，一声一声，像道别，又像遥远的召唤。这时可以不被打扰地做一个长梦，直梦到前世的渡口上，那时我是过客。我，一直是，过客。

素手把芙蓉

去山东微山湖，看荷花。荷花绵延百里，开得花天花地。在湖心岛上，等回程的船，却见身边一位姑娘，手捧一束红荷，静静立在柳荫下。

真是美！内心不禁一叹。别人在渡口边买成把的莲蓬，剥开来吃；她没有，她只抱花在怀，宛如仙子。

在北京画家村，我记得有一幅画，画的也是抱花的女子。是油画：碧绿的草坪，远处山峦隐约起伏，着粉色长裙的女子迎面走来，微笑着抱一束碎碎白白的花儿在胸前。风儿轻拂，长裙和长发微微在风里轻扬……她好像是天外来者，沐着花香，初初莅临尘世；又好像是一朵兰花转世而成的女子，施施然经过春天，转身就要离去。

抱花的女子，不论是在身边，还是在画里，都让人觉得美好。让人觉得，在布满褶皱的生活之上，会有那么一两处光明洁净的时光，值得期待，值得向往。

李白的《古风五十九首·其十九》里有一句："素手把芙蓉，虚步蹑太清。"说的是在白云深处的华山莲花峰上，仙女们素手持握洁白的芙蓉花，缓步徐行在太空之中。这是高处的仙子们的生活，不染尘俗。

其实，即使在红尘低处，我们也可以去过一种有仙气的生活。一个人，活在世间，也可以与俗世这样若即若离。

有仙气的生活，轻盈，空灵，寂静，又有生机。不是没有悲伤，而是已经穿越悲伤，抵达内心的清明与平和。

有仙气的生活，就是从尘埃里破茧而出，素手把芙蓉，把日子过得繁花萦绕，过得绿草葱茏。

微信朋友圈里，流传着"孔雀精灵"杨丽萍的几张照片，仙气十足。

她一身白衣，高绾发髻，在自己的家里，低眉小坐，插花逗鸟。红的粉的蔷薇与月季，累累簇簇地开。她在鲜花的簇拥里，美得像童话中的小女孩。

舞蹈家杨丽萍的生活羡煞无数女子。其实，我们也可以这样与花木栖居一处，活得随意欢喜。重要的是，有没有心，愿不愿意，放缓自己，放低自己。

立秋前一天，去三舅家。三舅还住在江水环绕的那个沙洲上，种着一院子的花。牡丹芍药，栀子茉莉，芭蕉兰草……一院子的花木，郁郁葱葱，都像是三舅顾盼有神的女儿。木兰枝叶已经可以覆出一片阴凉，阴凉里睡着那条白毛的牧羊犬，见客不叫，和善得如同兄长。

在这个沙洲上，许多人都已经搬走，搬进城里的楼房里工工整整地过着小日子。但是三舅不搬，他买了辆轿车，开车出门去工作，早出晚归，为一院子的花木情意殷殷。我坐在三舅的院子里，想着三舅清秋晨晓起床后，流连在这些花边，看看晨星晓月，衣服上沾满露水，就觉得他是仙风道骨的隐者了。生活里多的是粗糙与暗淡，可是也有这洒然清朗的一刻。

我的新房子，依旧买在一个江边小镇。是的，是小镇，白日喧闹如蝉鸣，夜晚寂静如庙宇。我说我在装潢这个第二套房子，朋友表示不理解："啊？你还要在那里住下去？"我莞尔，其实内心甜蜜。

房子前面横卧一条小河，东边一座小桥，西边又是一条南北走向的大河。想想，这么多的水，可以养出多少芙蓉花，多少斜晖脉脉，多少青草池塘处处蛙。我盘算着，在某个雨夜，或者雨后晨晓时，躺在床上，一定可以听到"哗哗——哗哗"的流水声，那是唐诗里的流水声。

有仙气的生活,是素手把芙蓉,与清风流水的小时光相拥,轻轻地活着,芬芳地活着。

浮云游子意

二十年前,还是中学生,在书本上读到李白的诗句:"浮云游子意,落日故人情。"那时不谙离别情,只是羡慕那游子。浮云悠悠,红日欲坠,游子在远方,放眼望,长路漫漫浩浩,无边无际……人生充满无数可能。

如今,以为自己成年了,懂得游子的索居之苦,能死心塌地扎根这循规蹈矩的日常烟火了,其实不然。《古诗十九首》里有"浮云蔽白日,游子不顾反",我读时,依旧羡慕之心不死,想要做那游子,即使独自一人,即使古道西风瘦马,即使夕阳西下。

我所想要的,大约就是——远方。抵达远方,让生命呈现一种磅礴开阔的气象。即使在抵达的过程中,会有疼痛,会有别离苦。

还记得，童年时，睡在外婆家。外婆家在长江环绕的小沙洲上。冬夜漫长，半夜醒来，会听见江上轮船的汽笛声悠悠荡荡传来，在清寒夜气里盘旋缭绕，像招魂的古乐。我睡在这夜半的汽笛声里，觉得空气清冽颤抖，觉得自己仿佛睡在奔涌不定的水上，要到了那风烟迷漫的远方。远方，大江两岸，冰雪消融，芦苇出土翠色茫茫，我的心里装着一万颗豆子，一万颗豆子都在爆芽，出壳，跃跃欲试探看这大千世界。

还记得，夏天暑热，晚上洗过澡穿上橘色连衣裙，牵着姨娘的手去江边吹风看大轮船。行驶江上的大客轮，上面灯火层层叠叠，辉煌如隔世，徒增我的向往。我想，长大后，我一定是一个去往远方的人，轮船、火车、飞机，时光绵延，又动荡又新奇。

我害怕没有远方的人生。

在早年寂寞的乡居岁月里，我看见太多人过着没有远方的生活，他们不做浮云游子，他们一辈子安于乡土，固守田园，淹没在千年不变的烟火悲欢里。做女人的，成年而嫁，生儿育女，洗衣喂鸡鸭，忙忙碌碌中，一生像是种植收获的一季庄稼。那时，我想，我该怎么办？我要逃到哪里才可以躲掉这样逼仄幽暗的命运？

曾经，我以为我躲过去了。二十年的时间倏忽过去，我成了一个四十岁的妇人，午夜梦醒，早年的江上汽笛声隐约在耳畔，我才惊讶地看见自己，依旧在复制当年我的乡邻们的命运。我嫁人生子，朝九晚五地谋食，像蜗牛背负重壳行走在人世间。浮云白日呢？天涯苍茫呢？

也偶尔会出门旅游。第一次去三峡，站在游船的甲板上，御风而行，长发和丝巾远远飘在身后，我忽然觉得自己像是一个游子了。在长天和江水之间，在浮云和大地之间，是青山巍峨，林木苍苍，还有一个远行的我。血液一阵汹涌，我仿佛看见了自己的辽阔和苍茫。

可是游船一靠岸，随着蜂群一样的游客们下船、登岸，跟着导游的小三角旗迤逦入深山，我不由羞赧起来——闹闹嚷嚷，挤挤挨挨，小商小贩兜售旅游纪念品，导游热情推销当地土特产。一低头，才发现自己像是一个赝品，依旧陷身在物欲汹涌的俗世里。我未能成为我所期望的浮云游子；而我的远方，应该是山川静穆，饶有深意。

读日本作家德富芦花的散文时，心里像有清凉的泉水流过，流向远方，空明，悠远，散漫，以及若隐若现的忧伤。在深夜，循着那些长长短短的句子，我只身来到东太平洋上的一个岛国——异乡的绚烂落日融化于海水，紫色的云朵在雨后的天空里漫然舒卷，黄梅天的乡下庭院里蔚然生长着植物，还有泥巴路、木屐鞋、村狗……

原来，阅读就让我体面地做着浮云游子，去往星辰大海。

或恐是同乡

雨后初醒,怏怏无言。想起睡前读的崔颢的诗《长干曲》,很有六朝民歌之风,我喜欢了许多年:

> 君家何处住?妾住在横塘。
> 停船暂借问,或恐是同乡。

应是两个旅人,在茫茫的水上,在各自的船上,忽然睹面相逢,心生欢悦,只觉得亲切。因为欢悦,因为亲切,便无由地觉得,他是自己的同乡。

也许,在漫长的孤旅之中,最想遇到的人,其实还是一个:同乡。

遇到了,一见倾心,止不住上前搭讪:"你家住哪里呢?我家住在横塘。"我看你,眼里熟悉,心里亲切,因此在这薄雾轻扬的水上,忍不住停船相问,想你或许是我那共饮一江水的同乡。

同乡,是有着相同的从前时光,莲花开十里,菱船摇荡;有着同样的吴侬软语,月夜笛声悠扬。同乡,也是今夕同样的江海漂泊,同样的风尘零落……

黄梅戏《卖油郎独占花魁》,唱的是卖油郎秦重与风尘女莘瑶琴的爱情故事,可是,我从戏里听到的却是他乡遇故知的感动。两个人,同为汴梁人,为避战乱远离故乡,逃难中都失散了亲人,然后流落杭州。雪塘边再次重逢后,莘小姐向卖油郎诉说自己的辗转遭遇,卖油郎安慰她:"劝小姐莫悲伤,暂且忍受心宽放,待等打退金寇贼,我们一道回故乡。"

我每听到这个唱段,就觉得内心开阔敞亮,也分外感动。感动是因为两个人是同乡,是同样的命运,同样命运里的相互珍重与懂得。想想,在尘世间,能有这么一个同乡,与自己相映照,相呼应,足可以不恨相逢萍水,不恨相见迟迟。

而我们,在长路迢迢中,经历友谊,经历爱情,到后来才发现,上下求索,其实想要的,无非也是一个同乡——精神上的同乡。

能够成为精神同乡的两个人,一定有着相同或相似的生命底子。像蓝底印花布，那白色的花朵不论是缠枝莲还是篱边菊，都生长在一片幽深的靛蓝底子上。

这样的同乡，有着同样的精神方言。

犹记当年，心思昏沉地迷恋一个人，如今回头看，他仪表平平，家世平平。原来当年的心动，只是因为他和自己一样，喜欢宋词，喜欢童安格的歌，喜欢在落叶纷飞的秋风中徐行，喜欢在落日渡头惆怅地回家……那时，他是我的知音。

后来，借着文学活动的机缘，喧哗而骚动地认识了一帮子的男女老少。一起春日坐船去看山访岛，去古旧的师范学校里看樱花，去老街深巷里拍合影照……那时，他们是我的同道。

可是，慢慢，慢慢，相向而行的我们，渐渐擦肩，渐渐疏离。

时间和阅历在替我们大浪淘沙。有些人即使暂时走近，也难成为精神上的同乡。

"橘生淮南则为橘，生于淮北则为枳，叶徒相似，其实味不同。"叶子相似也没有用，也只是貌合神离。枳，只能和枳成为同乡。因为，它们都生于淮北，同样的水土和风日。它们的成长历程，同样的式微。它们怀抱的，是同样的一颗清凉多汁而苦涩的心。

我要的同乡，也是和我一样，是落花一样的人。我们，好像是同一个方向的风刮来的落花，有着近乎同样的灵魂气息，芬芳，孤独，内敛，深具静气。我们彼此能够无碍地直达对方的精神高地，能够破译对方藏匿于内心深处的那些神秘字符。

但同时，我们又像柳树与河水里的倒影一样，很近很近，又保持着若有若无的距离。是一年不见一年不想，十年不见十年不忘。

这样的同乡，精神上的同乡，像中国画，追求的是神韵上的某种相似。

我相信，人世间还有一种情感，超越世俗男女的小格局，成为一种精神上的同乡。这样的同乡情，宽阔深厚，忠诚庄严，在遥问与抚慰中，打捞我们正一寸寸沉陷于岁月幽暗的暮心。

我心素已闲

喜欢早晨步行去上班。不是喜欢上班,而是可以借此一路赏览晨景。

要下一道缓坡,穿过河心的长堤,再上一片缓坡,一路迤逦。

草坡上的露珠,一粒粒像婴儿,慵懒又透明,卧睡在苜蓿草的黄色小花蕊里,于晨风里翻滚。也有胆大的小露珠,高高悬在青草的叶尖上,欲坠不坠。每次路过草坡,总忍不住想赤了脚伸进去,裸泳一般,让一双脚游弋在露水的凉气里。

柳堤两边,湖水泱泱,几与岸平。垂柳的影子掺着朝霞的红光,颤颤浮动在波光云影之间。天、地、柳、水,一切都澄净空明,在清晨,在悠悠的时间里。我行走在这样的晨气里,觉得自己仿佛是琥珀里的一只蝴蝶，如醒如寐，千年万年。

春暮的时候，草坡上的槐花一边盛开一边零落，如笑如泣，在石阶边迎候我的到来。我行走在那漫漫白花下，心思温柔静谧，像被海水抚摸过后的沙滩，平远无垠，只待一个人来落下脚印。

我还喜欢在清晨路遇这样一些人：

马路边卖西瓜的瓜农，皮肤黝黑，乡音浓浓。他们倚在蓝色电动三轮车边，车里睡着大肚滚圆的西瓜，瓜叶藤蔓间青色的西瓜肚皮翻涌。他们用老式杆秤给人称西瓜，从来都把称梢高高翘起来——慷慨质朴的平民，也可当大气的王者来看。

陪读的母亲和奶奶们，从乡下来的，习惯在水塘边洗衣服。如今进了城，依旧是老习惯，拎了衣服去护城河里洗，用棒槌狠命地槌。我路过她们，觉得她们把日子过得铿锵有声，巍巍庄严，不由心底起敬。

上幼儿园的孩子，胖乎乎的，穿红着绿，卵石路不走，故意走在草地上，像樱桃一般玲珑可爱。

每次走过长堤，踏上小桥的石阶，凭栏小伫，垂柳依依中，我恍惚以为自己是许仙家的白娘子。是从头再来的白娘子，转了世，来把这世俗人间低低地再爱一遍。

其实，想想自己，可不是已经转了世？

从前，是一味痴心妄想，打打杀杀，对生活怀着百般不如意。如今，一颗心在水漫金山之后，少了峥嵘险峻，多了平阔清明。好像雷峰塔下坐禅思过之后的白娘子，心思闲静。转了世，回了头，懂得欣赏寻常生活里那些琐碎的美好和那转瞬即逝处的婉转动人。

咫尺之间，皆有风景。从前不屑的风物人事，如今已经懂得对之报以尊重和欣赏——能在手机里耐心听一位并不熟悉的老者絮叨一个多小时，知道了陪伴日渐衰老的父母的重要，还会不吝言辞地夸奖父亲菜园的丰茂……

唐诗里有一句"我心素已闲，清川澹如此"，是王维的句子，我喜欢它，悄悄抄在本子上。清川澹澹，天地静美。能把低处的小时光过得平阔悠然，能把自己的一颗心修养得像溪水一样淡泊，是因为，我心已闲。

这样的闲，来得辗转。是大爱大恸之后，终于懂得舍了，懂得放了；是不汲汲以求天边虚幻的云彩，知道了收手，知道了无为。于是，闲了。

闲了，看川溪清澈，看南山悠然。闲了，就像我这样，愿意把自己羽化在寻常的风景与烟火里，身内身外，俱是琉璃。低下姿态来，在一滴露水里，亦能看见壮阔和永恒。

行走人世，也可以像一场春日踏青，在垄上，沐风而行，一行三两人。流云在肩，清溪在侧，而我，我心已闲。

日暮苍山远

读唐诗,读到"日暮苍山远"。彼时天色欲暝,心底冷泉一般沁出来的尽是幽渺难言的中年如寄的心情。

"日暮苍山远,天寒白屋贫。柴门闻犬吠,风雪夜归人。"

在日暮时分,在连绵的苍山对面,谁人,忽生了苍寒的远意?

我也是。在岁月的路上,在中年,抬头已见红日渐沉,而苍山如海,还在遥远的前方。那样的高度,今夕已不能抵达。

在未至中年的那些锦瑟年华里,我曾读过那么多有关"日暮"的诗句:"日暮乡关何处是,烟波江上使人愁。""移舟泊烟渚,日暮客愁新。""山中相送罢,日暮掩柴扉。"……那时虽觉诗句间有凉风，但到底未解其中的清哀。只有到了中年，到了晚风萧萧吹拂华发偷生的中年，才蓦然惊觉自己已踏上"日暮"归去的逶迤小道。才知道，我行走的这一条长路，太阳也会一点一点、一点一点地落下去。暮色苍茫，山川静穆不语，我不得不面对低头寻找投宿处的命运。

记得，头上的第一根白发被发现时，我的仓皇与震惊。面对那第一根叛变的头发，我几乎是含泪颤抖地跟家人说："帮我扯掉它！"

"白发总会生的！"他在镜子边安慰。

"不可能！不可能！"我还没做好生白发的准备，潜意识里，我以为白发永远只会长在别人的头顶上。

还想学门外语漂洋过海呢，还想卷土重来认真地谈场恋爱呢，还想……可是，华发初生了。是啊，抬望眼，还有那么多的春天没有晤面，还有那么多的山川没有跋涉，还有那么多的远方没有抵达。可是，走着走着，日暮了。真的日暮了。苍山隐隐，笼罩在暮霭里，那么远，那么像梦。不甘心。不甘心，也是日暮了。

一路穿村过店，睥睨红尘，可是一颗心终于在日暮前，放低了海拔高度。总要收了脚，收了心；总要借一座宅院来投宿，来安排这黑暗下来寂静下来的时光；总要归于庸常，低眉在烟火俗世里。因为要老了，要老了啊。

再远的旅程，都要在时间面前，在宿命面前，慢慢掐短，直至掐断。

"天寒白屋贫"，曾经那么慷慨昂然的步伐，终于要停在一座贫寒茅屋前，小格局地，清寒不尽地，收拢一颗奔走远方的心。此刻，才知道，韶华的华冠一去，我不是君王，不是江山无疆。我是个旅人，日暮不得不投宿的旅人，躬身叩门："借问可宿否？"在此天寒之际，在千山遥遥的尘世，只此一间低矮的白茅覆顶的小屋。

我以为，人生就这样了：你有壮心，可是已经日暮苍山远；你要面对现实，认领的是这天寒白屋贫的命运。人生的低回婉转都在这日暮之后的时光里，在这局促寒冷的乡野柴扉之后，在漫长清寂又无伴的空旷之中。

可是，我怎么会知道，夜深之时，柴门外犬吠声起。簌簌，簌簌，吱吱，吱吱。谁人的脚步，从风雪深处一点点贴近，停在这扇柴扉面前？

是风雪夜归人。

他推门，进屋，一身清洌之气。他解下覆雪的斗笠和蓑衣，抖了抖碎雪，将它们挂于墙壁。他生火，煮酒，邀我同饮。我不知道，他是这芙蓉山的主人，还是和我一样，也是一个投宿白屋的旅人。

我们喝酒，说风雪之大，说苍山之远，说山中空旷人烟稀，说日暮途穷的不甘心。说着，说着，我们都像是这山中的主人，又都像是这冰雪天地之间的来客。

在这日暮之后冷冽阒寂的时光里，还会得遇一人，与己共饮这夜半的浊酒，共话这风雪载途的无边孤独。

在红尘之间，在我们并不辽阔的生命里，原来还有这样一个风雪夜归人。他是我最亲最近的人，他先于我偷生华发，懂得我面对垂暮渐近时的惶恐不安。他是春水渡船上的过客，与我偶然相逢，只此一遇，便如佛前那一拈花微笑。他是我流连书页之间时，仰望的那些伟大而孤苦的灵魂……我们，都活得空旷遥远，都有壮志未酬。

令我泫然欲泣的是，在日暮之后，未抵苍山，却得遇归人。

天地一沙鸥

"举杯邀明月,对影成三人。""雨中黄叶树,灯下白头人。"说的都是孤独。

杜甫有句诗"天地一沙鸥",如果从上下文里拎出来,断章取义地只读这五个字,也能读出一种孤独的冷。

茫茫天地之间,我是一只沙鸥,不成对,不成行。我像一个浑重的墨点,落在米白色的宣纸上,孤山成峰,不绵延起伏,不远接旷野田园。

我就这样孤独着,浩瀚的孤独。

喜欢这五个字,似乎还源于一幅照片:大雪天,湖畔的雪肥厚得像睡倒的熊,湖水泛着幽冷的银灰色,一只鸟,铁黑如铸,立在茫茫雪地上,立在天地之间。没有阳光,没有草色，没有食物，那只黑鸟似乎是日啖孤独而活。

我看着那幅照片，心想：我愿意做这样一只黑鸟，瘦削，孤立，在黑白的世界里。

孤独，可以这样空灵、这样纯粹，似乎可以倒映出前世和来世。也这样盛大，可以覆盖一切琐屑光阴。

人们喜欢群居，似乎是害怕孤独。树上没有两片完全相似的树叶，红尘里也没有完全相似的两个人，所以，即使群居，依旧注定孤独。

一个人的成长，是意识到自己是孤独的。一个人的强大，是勇敢上前不回避，认下这孤独的命运，像认下一片残缺的江山。

认领孤独，承受孤独，最后，享受孤独。懂得在喧嚣纷扰的世间，小心地保持一份孤独感，像保护一枚基因纯粹的种子不被沾染。

孤独着，在孤独中优雅，在孤独中标新立异。

我跟你不一样，是因为，我比你孤独。

前不久，在网上看到一个外国女作家和环保者，选择离群索居地生活和写作。她建木房子，种菜种水果以自给，利用太阳能发电以应付简单的日常生活。在那个远离都市远离人群的深山里，一个人，最富有的东西恐怕就是孤独了。但我认为，她活得丰富而深厚。

人世间，最好的同道者，能陪你一起去做浮云游子，抵达远方。抵达空间上的远方，大江大海，大山大野；抵达时间上的远方，从朝如青丝，到岁暮成雪；抵达精神上的远方，高山流水有知音，渔樵问答话浮沉。

但是，许多时候，是没有同道者。

在思想的圣坛上，往往是，你比别人来早了，或者来迟了。

就像是赴一个晚上的饭局，七点钟的饭局，你却五点就到了。房间冷清，你一个人坐在玻璃窗边，看窗外车水马龙，看夕阳摇晃着身子在行道树的枝梢里一点点沉陷。大厅里没有脚步声，着黑色平底绒布鞋的女服务员贴在门框外，像个没有感情色彩的标点符号，与你两不相扰。你身后的玻璃大圆桌空旷辽阔，仿佛野渡泊船，没有船客，也没有艄公。

你只能等，一个人等。你和你的朋友，同在某天下午五点的这个时刻里，但是你们不相逢，不交集。你要等他们穿过城市喧嚣，穿过洪水滔滔的两个小时，才能抵达这里，与你处在同一个时空里。可是，结果往往是，他们来了，你的心也老了。你永远是一个提前两小时的孤独等候者。

孤独，也是人流滚滚的街衢之间，你独行在后。缓慢的步伐，不赶声色繁华，不赶权势声望。别人手握急管繁弦的富贵荣华时，你在万人之后，独对楚天千里清秋。

繁华之后是寒色,你早已知晓。所以,你选择,滞后。

所以,我有蛮荒,却从不奢望与你接壤。

在冰雪天地里,一只黑色的沙鸥,与自己,孤独成双。

那少年的葛呀

每到冬天,就惦记起山中的葛。

皖南有个朋友,他姐夫每年冬天会进山挖葛根,回来加工成葛根粉,我每年都会托朋友买上几斤。真正的野生葛根粉,开水调上一碗,色泽有旧式土布的米白或微褐,很古老的样子。

早在《诗经》的创作年代,葛就已在中国的古文化里登场,只是那时,葛关乎的更多是织衣。

葛之覃兮,施于中谷,维叶萋萋。黄鸟于飞,集于灌木,其鸣喈喈。

葛之覃兮,施于中谷,维叶莫莫。是刈是濩,为绤为绤，服之无斁。

言告师氏，言告言归。薄污我私，薄澣我衣。害澣害否？归宁父母。

这是《诗经·周南·葛覃》，全诗三节，从葛之美景，写到刈葛、煮藤、取葛纤维纺织制衣。可是读着读着，读到了第三节，却读到了洗衣服。

洗衣服这一节，令人产生强烈的代入感，自然令妇人们慨叹。这慨叹，少年们是不能体会的。对于他们，生活的这枝葛藤伸展，此刻伸展出的是风景，而不是洗衣浆纱、娘家婆家这些鸡零狗碎的纷扰。

所以，作为一个中年人，我真是喜欢这首诗的前两节。谁不想停在风景里不出来呢？

读读第一节：明明是进山采葛，可是，却像游园赏花。放眼望去，那葛藤枝蔓柔长，层层叠叠蔓延在山谷中。一重一重的绿叶，跟着藤蔓走，走到了树巅，走到了溪谷，走到了陡峭的岩壁。

葛在春暮开花，直开到盛夏尽头，花期长。小小的紫花，一穗一穗的，风一吹，像活泼泼的眼珠流转，顾盼有情。

花一开，有蝶来，也有鸟来。

其中就有盛装的黄鹂。

黄鹂羽色金黄，有王气，又善鸣，鸣声婉转，遥遥和着溪谷的潺潺流水。这样映衬着，黄鹂的歌喉也像被春水濯洗过，那声音越发清亮纯净，震颤在碧色的葛叶上，震颤在紫色的葛花上，也震颤在黄鹂自己那金黄的羽毛上……

这真是一个声色并茂的世界！美得让一个采葛的姑娘暂时忘记了挥刀割藤。

从哪里割起呢？这么厚的绿！

正栖着黄鹂的那一枝，且就绕过吧。让它的歌声吵醒还在含苞的葛花，也招来那山下的村姑一起来刈葛。

刈葛一定是件内心甜蜜的事，因为关乎衣饰，关乎体面。从古至今，谁不爱打扮呢？

一群十几岁的姑娘，还未嫁，心思清如鸟鸣，清如溪水。一群如此清澈的姑娘，在幽深的绿叶丛中，一刀一刀，割取葛藤。她们大约一边割着，一边吟唱着："葛之覃兮，施于中谷，维叶萋萋……葛之覃兮，施于中谷，维叶莫莫。"少女清脆的歌声与枝上的黄鹂歌声相互缠绕着，就像葛藤缠绕大树一样。那些轻灵的音符，在山谷间延伸，延伸，延伸出千丝万缕的回音。

她们刈葛归来，背筐里葛叶萋萋，上面颤动着紫色的花朵。清水煮葛藤，锅上白气袅绕，清香也村前村后地袅绕。待煮葛剥皮完毕，姑娘们在树荫下散坐，絮絮说着做衣服的打算。

织细布，做内衣，贴身穿；织粗布，做外衣，耐脏耐磨……

会不会有人已经暗暗想着为自己备上葛布的嫁衣呢？

一定会有的吧。

她们一定目送过某个曾经一起刈葛一起绩线一起织布的姑娘，嫁到别的村庄了。她们知道，有一天自己也会穿一身舒舒服服的葛布衣服，吹吹打打成为一朵葛花一样娇美的新嫁娘。

可是，这首诗怎么就忽然跳到了一个妇人洗衣服的场景呢？镜头转换得太快，几乎让人晕头转向——一、二两节与第三节之间，仿佛遥隔深谷与悬崖。

第三节里，是一个忙得团团转的小妇人，她一边干活一边请假。"告诉我的保姆，我告了假要回娘家。"

回娘家就回娘家呗，可是，结了婚的人从此就没那么自由了，家务缠人啊，就像葛藤缠绕乔木。回娘家，总要换身衣裳。这换下来的内衣和外衣，这名曰"绨"和"绤"的粗布、细布织成的衣裳，总要洗干净晾晒好才能出发。可是，还不放心，怕还有没干完的家务活，临出门前又喊上一嗓子："还有没有了？哪件要洗？哪件不洗？我可急着要回娘家啦！"

一想到回娘家，一抬头看见那晾晒在篱笆上的内衣和外衣，便想起那少女时候的刈葛情形来。是呀，跟小姐妹们一道，进了山，站在葛藤下，人与葛花葛叶，与黄鹂灌木，一起写成了一幅画。

岁月忽忽，当年煮葛织布的情景宛在眼前，可是掐指，已是多年。

少年时光，是遥遥地去了。

作为一个资深的妇人，我代入感极强地站在《葛覃》一诗的第三节里，恍然惊悟，那葛藤青青、与女伴相对言笑绩线织衣的场景，已是旧梦了呀！原来，是妇人在回忆。

是呀，我和诗中那个"薄污我私，薄浣我衣"的妇人一样，常常陷身在浩瀚的家务琐事里不得脱身，而每一次的回娘家，一颗心欢快得仿佛是灌木上飞舞的黄鹂，由此，昔时的少年场景浪似的在心底一阵阵翻涌……

这些，少年人不懂。葛藤延伸，枝梢上会挺起一穗紫红的花儿。而岁月延伸，却只是暗暗生出了一截又一截青葱多汁的少年回忆。

据说葛藤有八米多长，所以是很好的纺织原料。而青春，其实很短。

生命在上下之间

《惠崇春江晚景二首·其一》，中年之后再读，真是感慨良多，为其中的"向上"之气。

从前只以为它是题画诗，是美食诗，现在，暗自认定那是一首关乎生命、自然升迁起落的哲理诗。

少年时，难免喜欢前两句，因为那是一幅色彩明丽的图画，竹子的青翠，桃花的艳红，江水的蓝，鸭子的赭黑……春之繁华生动，首先在其色。

可是，如今，我被后两句里那种蓬蓬弥漫的"向上"之气给感动了。是的，这首诗，在我看来，是描绘和礼赞生命在漫长沉潜之后迎来"向上"的一程。

"正是河豚欲上时"，我再读这一句时，常想，可否将这一句里的"上"字改换？如果仅仅是表达河豚作为时令的食物，或者表达河豚从大海洄游到江河产卵，"正是河豚将捕时"，"正是河豚洄游时"，意思都还能到吧？可是，还是觉得这"上"实在是好，实在是无词可替。因为这"上"里透着活力，透着期待，透着跃跃欲试的欢喜，还透着一股即将出场时的沉着自信勇毅前往的志气。

河豚是洄游性鱼类，每年春季，它从深冷的大海出发，一路沿江而上，去寻找适宜的水域来产卵，繁衍生命。江水滔滔东流，小小的鱼类，要用自己单薄的身体克服江水巨大的阻力，才能不至于随波逐流，才能逆流而上，抵达它的目的地。

向上的旅程，从来都是艰险的，是辛苦的。

可是，生之意义，似乎就在于这"向上"之中。

在水里的河豚艰难上行的同时，几尺之遥的江边沼泽和沙滩上，蒌蒿和芦芽，也从地底探出青嫩多汁的身子，它们也在向上生长。它们会长高，长壮，极尽所有的力气，来完成一棵植物所能抵达的最大高度。在植物的世界里，它们是纤弱的，连灌木都算不上，它们只是有着宿根的多年生草本植物。它们在秋冬凋零，生的一口气全沉潜在泥土里。它们匍匐在泥土深处，熬过深冬，等冰雪消融，等风日和暖，然后启程，向上，向着天空，枝叶相扶地去攀登。

苏轼写此诗时，也正是北上的途中。从黄州出发，沿江而下，到江阴，然后应该是沿着京杭大运河，北上到京城开封。这是一段地理上的向上的水路换陆路，更是他仕途上的一段谪后升迁之途。昔日被贬黄州，在冷寂水边，身份低微，从元丰三年到元丰八年，一待便是五年。五年，黄州的东坡上，那庄稼都收过好几茬了吧。

那段流落于黄州的五年，恰似一尾鱼沉潜于幽暗水底，恰似蒌蒿和芦苇落了翠叶，朽了茎秆，埋在土里。

万物，原是这样的有潜有升、有朽有生。

生命的本质，原来是这样的一场两极之间的往返：在起和落之间，在上和下之间，来回折转。

河豚逆江而上，完成了一年的使命，然后便是顺流而下，回到低处的大海。当秋风肃杀、大雪垂降之时，茂密的蒌蒿和亭亭的芦苇，便开启了生命向下的旅程，叶子回到根边，茎秆摧折，慢慢和腐叶一起化为泥土。一棵多年生的草本植物，地面之上的部分矮了，没有了，一切回到零，回到起点，回到沉默不语。

万物上下往返，我也在其中。

既如此，人生中最好的阶段，便是芦芽已出而尚短之时，便是江流宛转河豚欲上之时。新一轮的节奏里，向上的气象已出，而最危险的时候还未到。同样，当巨大的幽暗和沉寂像风雪一样压过大地,我知道,这向下的旅程,我也要有耐心,一截一截,笔直地走下去。走下去了,便又赚得一季。

吾来看汝,汝自开落

上班的路上,会路过一丛木槿,开花的木槿。一边开,一边落。枝上繁花明艳照人,树下草间落英缤纷。

路过开花的木槿时,会悠然想起王维的诗《辛夷坞》:

木末芙蓉花,山中发红萼。
涧户寂无人,纷纷开且落。

说的是枝梢上的辛夷花,在幽幽深山里开放。山中空寂无人,辛夷花自开自落。它开放时的美好,只有它自己知道;它凋零时的哀戚,也只有它自己来领受。它是它自己的导演,也是自己唯一的观众。

有人说,《辛夷坞》是借山花开落于无人山涧的可悲命运,来抒发文人怀才不遇的感伤。可是,我却是喜欢这首诗里的幽独,幽独里慢慢沁出来的清芬,好像沉香在古庙里缭绕。

我也喜欢这山涧里自开自落的辛夷花。在我们没有到达的时间和空间里,它们依旧踩着季节的节拍独自出场,从容自在地呈现生命,或繁华生动或衰颓静寂。

而我最欣赏的,正是这自开自落的状态。

我去过许多个江南江北的古镇,去看那里水边桥边的桃杏盛开。我穿越过许多场浩瀚的春天,沉浸在酒旗春风草绿花红的中国画里。可是,这么辽阔的江山,这么无垠的时间,我念念不忘的常常是那些隐逸的花儿,隐逸在村野深山处,幽幽散发芬芳。

一个春日的黄昏,驾车经过镇二环,蓦然瞥见菜地尽头一棵杏树正开花。杏花开在一座老房子的窗前。房子已经破旧不堪,春雨蒙蒙中,越发透出垂暮萧条之气来。好在有那一树花,让人觉得春天到底是春天,春天到底还是新的,新得像天堂。我忍不住停了车,静静遥看那粉白粉白的一树杏花婆娑盛开,盛开中透出一种薄薄的喜气,是一种民间的喜气。

主人走了,花还在。还在陪一座老房子,度着风雨,度着春阳,度着时间。主人走了,花还在,还在一年一年地开,不负春天。

是啊，这样的开放，表达的正是一种不负的信念。不负春天，不负自己。

还记得，老家的河堤旁有一棵棠梨树，一到春天，白团团的花儿开得像烛光照耀的宫殿，华美壮观。如今，住在河堤边的人家一户户相继搬到街道边的新建小区里，只剩了一个老人还住在棠梨树边。即使寂寞，惊蛰一过，白色的棠梨花依旧如约立在苍老的枝丫上，春风里开，春风里落。朵朵簇簇，玲珑剔透。

这些幽独的花们，无论周围的环境多么清冷，无论自身的境遇怎样寒微，都从不会错过一个春天。

春天，属于漫山遍野的花们。春天，也属于蓬门前的一树杏花，属于幽壑里的一棵辛夷。

一个人的时候，尤其是一个人路过一棵孤独的花树的时候，我会轻轻跟自己说："你也是一朵幽独的花儿，你要努力，努力地开放！不负春天！不负时间！"

灯光闪耀的舞台只是属于少数人的。大多数人，都和我一样，淹没在人海里，孤独着。像旷野上的一棵树，独木为林。可是，只要有春天，就依然要开放。开放给自己看。一枝一朵，也可以成为春天。

自开，也自落。不奢求谁人的垂怜。

一朵花的凋零，对于一个浩繁的春天而言，只是一片小小的忧伤。可是，对于一个孤独和唯一的生命个体而言，却是一场有去无返的悲壮。这样的悲壮，孤独的花儿，默然，背负——以最轻盈的姿态，以最优美的弧线，飘落，飘，落……

一个人，经历了盛大的开放之后，又经历了悲壮的退场，这时候，也许才能做到真正的从容自在。

这个世界，有许多美丽的花朵，和花朵一样的女子。她们，在我们视线不及之处，自开自落。我们感动，是因为我们偶尔看见了。我们没有看见她们时，却看见了我们自己，在时光里，开放过后，一瓣一瓣地凋落，慢慢剩下一颗坚果一般结实的内心。

有人翻译过一首外国诗，我深喜其中几句：

"吾来看汝，汝自开落，缘起同一。"